阿濃與年輕人的真情對話

阿濃 等著

阿濃與年輕人的真情對話
作者／阿濃等
責任編輯／楊碧瑤
美術設計／黃漢威
出版發行／突破出版社
香港沙田亞公角山路33號突破青年村
電話：2632 0000　傳真：2632 0388
電郵：breakthrough@breakthrough.org.hk
網址：http://www.breakthrough.org.hk
http://www.btproduct.com
承印／陽光（彩美）印刷有限公司
2001年7月初版1刷
2022年9月初版8刷

Dialogues between A Nong and the Youngsters
by A Nong et al.
First Printing, First Edition, July 2001
Eighth Printing, First Edition, September 2022

Printed in Hong Kong
ISBN 978-962-264-739-8

人文價值

或坐在巨人的肩膀上，或呷一口書香，讓我們的生活漸次提升，讓眼界更見遼闊。

目錄

活得輕鬆頻道

Channel 3

貼緊潮流頻道

Channel 4

觸動美感頻道

Channel 5

探索生命頻道

Channel 6

序

「阿濃，你好！」不是「阿濃先生，您好！」說明了我們是平等的朋友關係。用這樣的關係來談天，才可以無拘無束，盡訴心中情。奇怪得很也幸運得很，我收到的讀者朋友的信，一百封之中至少有九十五封是直截了當地稱呼我為「阿濃」的。我不但不覺得他們沒有禮貌，反覺值得沾沾自喜，因為他們都把我當作朋友了。

《阿濃與年輕人的真情對話》原出自《突破少年》的一個專欄「阿濃你好」。在這個專欄，我與年輕人通過書信，交換心底話；如今這專欄延伸成一本書。不知是不是湊巧，從編輯部轉來的信，都出自思想型的青年人。他們把自己的想法寫下來告訴我，我看了也把我的看法和想法告訴他們。如今回頭重讀這批信，覺得很有意思也很有味道，因

為在我們日常的生活裏，會作這樣交流的人真的很少很少。「電話粥」、e-mail、課堂內外，都不會這麼經過深入思考然後娓娓而談。

我知道每個年輕人對每一件事都有自己的看法，我相信年輕人也想知道別人的觀點。這本書，不是要指導什麼思想，而是要顯示出不同的人有不同的看法。別人的看法總值得我們拿來參照，甚至會給我們一點啟發。

來信的品仰、關羚、家濂、允正、Daniel、阿英和慧，都是時下少見的純良青年。他們對問題的看法，對自己的要求，有時比我更嚴肅、更認真。他們的信給我不少的啟發，相信我給他們的信也有同樣的效果。我確信他們將來在社會上，定有不少建樹。我為我們的社會有這樣的年輕人感到欣喜，甚至興奮。謹在此祝福他們！

阿濃

追蹤愛情頻道

Channel 1

阿濃：「阿博，玩愛情遊戲也要partner。你不怕她在你變心時心碎欲裂，痛不欲生嗎？」

阿博：「我不會找這種太認真的女孩做partner，太麻煩了！」

阿濃：「你認為這種大家都不認真的感情是愛情嗎？」

阿博：「真也好，假也好，大家happy便okay！」

真正的愛情是什麼？

阿濃，你好！

真想知道你對現今年輕人的愛情觀有什麼看法。

現在的傳媒，大都鼓吹「但求曾經擁有」，那種不用負上任何責任的愛情態度；更差勁的，甚至還鼓勵一種很隨便的肉體關係。不少電視台在黃金時段播出的長篇連續劇，劇中的主角都很隨便地跟人發生性關係。他們把性看作是一種需要，而非出於喜歡對方。

在不斷的潛移默化下，年輕人大都認同這種觀念。但這樣的男女關係是否兒戲了一點？

更重要的是，這種關係破裂所帶來的行動，往往激烈得令人害怕。如果雙方都抱着同樣遊戲的心態，那還可以算是他們的選擇（雖然我還是不太認同）。但如果這只是單方面的意願，對於那認真付出的一方就有點不公平了；

而且更可能帶來嚴重的後果，如為情自殺或作出報復，傷害對方的身體。這不是叫人感到惋惜嗎？

到底真正的愛情是什麼？我們可以做什麼來改變這種想法呢？

Daniel

Channel 1

拿不出真愛的少年

親愛的 Daniel：

教科書上沒有愛情這課，長年的課本是電視機的熒光幕。說真的，電視劇至今沒有教我們濫交，不變的真情仍然被肯定、被讚揚。可惜這麼具影響力的「教育」卻是收效甚微。現代的愛情愈來愈脆弱，來得快去得更快，去得快死得更快。電視劇中真情的男女被人一面看一面罵「戇居」(愚蠢)。

我有一個懷疑：這一代人的心田，土地貧瘠，是否再

培植不出美麗堅碩的情花愛果？

「問世間情是何物？」很少人回答得來，而準備「生死相許」的人也愈來愈少。

愛情只是一場遊戲，跟到「機舖打機」分別不大：要花點錢，要花點時間，要有一定的技巧；玩的時候有攻有守很是刺激，但隨時準備 game over（玩完）！

我認識一個十五歲的少年阿博，他已經歷過十五次的 game over，比我的愛情經歷要多得多。我擔心沒有資格輔導他。他也直言不需要我的輔導，因為他現在還有兩個要好的女朋友，有兩個 game 正同時玩着。

他還說：「阿濃，別為我擔心，我們早有了免疫能力，不會愛到發燒，更不會愛到連命也不要。這便是隨緣的好處。愛來了，不拒絕；愛走了，不頹喪。反而是那些『乖仔乖女』危險，他們以為相愛便要生要死，搞出事來，斷送了健康和性命，還要使父母傷心。」

我說：「阿博，玩愛情遊戲也要 partner，你肯定對方也可以像你這般的說來便來，說走便走嗎？你不怕她在你變心時心碎欲裂，痛不欲生嗎？」

他說：「我不會找這種太認真的女孩做 partner，太麻煩了！」

我說：「你認為這種大家都不認真的感情是愛情嗎？」

他說：「真也好，假也好，大家 happy 便 okay ！」

我忽然想起專售廉價首飾的店子，在那兒，十幾塊錢便可買到一副耳環、一顆吊墜，看上去也是光閃閃的。但一顆真的美鑽，它的美麗、豐盛、燦爛，往往叫人一見傾心，明白一件真東西的價值所在。

我們不一定有經濟能力去購買一顆美鑽，但我們有平等的權利去獲得真正的愛情。

我們寧願選一份不認真的愛，隨時捨棄一件廉價飾物，卻無意得到一份如真寶石一般珍貴的愛。是聰明還是愚蠢呢？

問題出在阿博有「自知之明」。他知道自己拿不出真愛來，他知道以假換真只會帶來煩惱，因此他寧願以假換假，你情我願，不必負感情和道德的責任。

像阿博這般拿不出真愛的年輕人似乎愈來愈多，究竟原因何在？你可以幫我找到答案嗎？

在二十一世紀裏，人類的科技將有更飛躍的發展。可是最先進的科技可以造出幾可亂真的假寶石，卻造不出一份真愛來。讓我們的心田有讓真愛發芽、生長、開花、結果的土壤，然後去換取一份永恆的真愛。努力！

阿濃

只愛一個太沉悶？

阿濃，你好！

剛剛完成《聖經》科的研究報告，由於內容是比較〈雅歌〉和現代人的愛情觀，所以引起了同學們頗大的迴響。畢竟我們正值豆蔻年華，對愛情充滿憧憬，也是自然不過的事。

〈雅歌〉是《聖經》中唯一重點刻畫男女愛情觀的書卷，裏面描述了書拉密女和她情有獨鍾的牧羊人之間至死不渝的愛情；此外還透過他倆的對白，交代了愛情真正的意義：那就是互相承擔、尊重和忍耐。

相信對於成熟、性格穩重的人來說，要做到以上三點，絕對不難。但若要愛追求一剎那感覺的現代青少年認同，無異是緣木求魚。

在目前流行的小說、歌曲、電影，甚至電視劇中，都充斥着備受爭議的現代人愛情觀：短暫、佔有、征服、自私自利……最糟糕的是極力鼓吹濫情，要愛便愛，毋須理會性別、身分，甚至把一夜情美化，吹噓成瀟灑、刺激的事！

我真想不透，為什麼經過三千多年後，現代人的愛情觀，竟和〈雅歌〉作者的看法，大相逕庭。是因為現代人覺得像書拉密女與她的愛侶那樣，只愛一個人太沉悶了嗎？還是不再把愛情當作一回事，只看成是一場遊戲？

經過一番研討，同學大都認為現代人有如此敗壞、差劣的愛情觀，並不是出自先天，而是大大受到傳媒渲染所致。透過媒體的傳播，即使是多麼不起眼的事，也變得引人注目。我們想，大概是有人把這些醜陋的思想，用糖衣包裝，再用各種不同的媒體傳送、宣揚，誘使大家追捧為時尚，

爭相仿效。

幸而這種自私自利的愛情觀，也不是贏盡人心。據我們一個小小的調查顯示，視愛情為一生一世，願意付出的，也不乏人。

其實，追求到一剎那的激情，又怎麼樣呢？刺激過後，如何面對？可能悔恨自己當初太幼稚，甚至害怕自己因此孤獨終老呢！

阿濃，你經常以青少年身邊發生的事作為寫作題材，相信你對於年輕人的心理，比我有更深的體會。請你告訴我為什麼現代的年輕人會這樣看待愛情？

家濂

Channel 1

愛情比酒更美

親愛的家濂：

你形容現代青年人的愛情觀為「濫情」、「短暫」、「自私」，不過在報紙上，又不時讀到年輕人為情自殺的新聞。他們因為愛不到或不能愛，又不懂得好好處理感情的事，連寶貴的生命也可以不要。表面看來，你那些形容詞似乎對他們並不適合。他們也一樣在現代傳媒的薰陶下長大，看上去也很「現代」：染了金髮，穿了臍環；他們為什麼對愛情又那麼執著呢？我舉這樣的例子，只是想說：在愛情

問題上，不是你想的那麼簡單。

我認為愛情的「真正意義」，不止於你所說的「承擔、尊重和忍耐」—— 這倒有點像一個公共機構裏上下級之間、同事與同事間的關係了。如果愛情的意義僅止於此，那不是太沉重了嗎？

就拿你所說的《聖經》裏的〈雅歌〉來看，打開頭一章第二句便是：

願他用口與我親嘴，

因你的愛情比酒更美。

我們又看到這書的作者如何形容他心愛的女子的美麗，眼睛、頭髮、牙齒、嘴唇、頸項、兩乳逐樣描繪。這說明愛情還包括了互相欣賞對方的外貌，當然也包括了性愛。

有一點或許是你沒有注意的，香港這個社會貌似開放，但封建、保守的思想仍有它們的威力。即使是適齡的青年，也不一定能光明正大地去愛；遮遮掩掩、神神秘秘、偷偷摸摸是很普遍的現象。父母的認同仍是一個難關；人言可畏，造成很大的壓力。

愛是青春期的一種騷動，當它要破土而出，冰封的泥土也禁制不住。在這半開放的社會，愛遇到了阻力，便生出反叛。你愈是不許他們愛，他們就偏要愛，更加發展為不照「常規」去愛。

有些年輕人可能愛得短暫，但不表示他們愛得不熱烈。他們毫無顧慮，把對方的名字紋在自己的軀體上；當他們失意時，就用界刀在手腕上割下一道道的口子。當然，要不要如此去作，值得商榷。他們可能愛完一個又一

個，但其中的原因，可能是他們曾經愛過對方，但現在不愛了。他們不想虛偽地跟對方繫在一起一生一世。他們選擇忠於自己的感情，去另找新的愛情。其實這也不是什麼新事物。你如看過歌劇《卡門》，就該知道主角卡門正是這樣的一個女子。

當然人有原始的貪婪和原始的肉慾的追求，當世俗的束縛連同道德觀念一同被打破、崩潰時，人們會在其中迷失，會在其中沉淪。傳媒的渲染成為催化劑。

我寫作的對象，主要是青少年。我欣賞他們純真的愛，即使這愛來得早了一點，但仍然是十分美麗的。我知道他們很容易在愛情中受傷，我願意提供療傷的方法，讓他們的傷口早日痊癒。而我更鼓勵他們尋找真愛，要小心翼翼地去找，找到了是莫大的歡喜，因為那是世間最美麗的花朵、最甜美的果實、最醇的酒、最貴重的寶石，值得珍惜一生一世。我還要告訴他們，愛情在得到之後，仍須灌溉，讓它繼續繁榮滋長，別讓它枯萎失色。

那麼什麼是真愛？真愛是說得出理由的喜歡加說不出理由的喜歡，是靈魂的合拍，是無限的滿足。

真愛不易尋，請拿出最大的耐性。

阿濃

1. Daniel 與家濂都不滿傳媒鼓吹差劣的愛情觀，你認為他們的批評中肯嗎？請説出你的看法。
2. 阿濃認為拿不出真愛的年輕人愈來愈多，你同意嗎？你覺得理由在哪裏？
3. 請找來《聖經・雅歌》一讀（可選用《現代中文譯本》或《聖經新譯本》這些版本），看看你可嚮往那種愛情。
4. 你認為性與愛有什麼關係？你對婚前性行為有什麼意見？

熱愛校園頻道

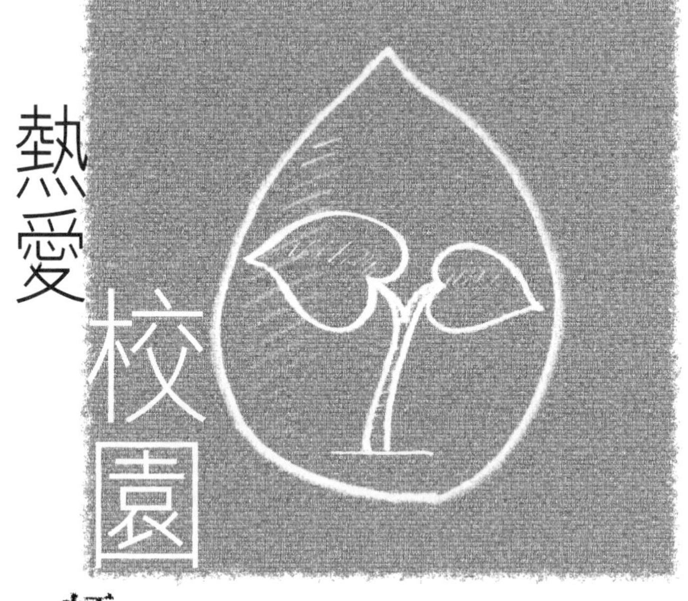

Channel 2

關羚：我班上的同學使我知道什麼是「熱衷」——熱衷地學習、熱衷地生活。我要做一個有感情，要哭就盡情哭，要笑就盡情笑的人。這樣的生活才算得上精彩，是活盡了人生。你說對嗎？

阿濃：「要哭就盡情哭，要笑就盡情笑。」哭過笑過之後，看有什麼責無旁貸、當仁不讓的事，要做就盡情做！

從 Band 1 到 Band 4

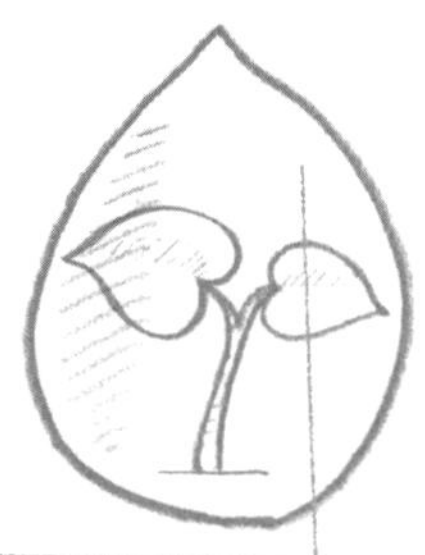

阿濃，你好！

我已順利升上中六，轉到另一間中學升學。現在我修讀文化、英語、電腦應用、地理和世史，功課比前繁重。

我又積極參與各種課外活動，如報紙的校園記者，領袖訓練課程……希望趁着中六的日子，擴闊自己的視野，使自己更成熟。

我希望自己可以升讀大學，當一名教師，改善父母家人的生活。

我是甘願拿着二十分的成績，從一間 band 1 的中學轉到一間 band 4 的中學去，因為我想修讀我想讀的科目。在頭三個月的適應期裏，有得有失。我認識了一班不功利的同學，認識到許多友善、思想開通的老師。縱然有少數老師教學不認真，使我失望，但這給我一個機會去反省和督促自己，要比以前更主動地學習，力求上進。

我想，人總要在不同的階段踏足不同的舞台。雖然有朋友説我笨，但我從沒為轉校的決定後悔過。我自覺比他們看得更清楚，想得更深入。

很想聽聽你的意見。　祝

近安！

阿英

短跑與長跑

阿英：

我發覺短跑和馬拉松的起步有很大的不同。短跑所爭的是十分之幾、百分之幾秒，因此那起步成為勝敗的關鍵。馬拉松是體力和意志的競賽，有很長的時間讓大家比併，那起步的重要性大大地降低。人生的道路是一個更長的馬拉松，同樣毋須為起步的一刻過分緊張。一生中有許許多多的機會，讓自己發力、衝刺、超前。

因此，在 band 1 還是 band 4 的學校讀書，對人一生的

影響是微不足道的。

有些父母緊張兒女前途，為了能讓孩子進入名校幼稚園，早一天晚上便去排隊拿報名表。我體會他們望子成龍的心，但兒女是龍是蟲，誰可預計？在遙遙的人生路途上，有太多的因素可以影響他們的成就。為一個幼稚園的入學機會如此費心，真有這個需要？

因此我佩服你轉校的決心，這正是你對自己有信心的表現。你不怕虎落平陽，龍游淺水，你知道只要肯努力，就像放在囊中的錐子，很快便會脫穎而出。

我不會閉眼無視 band 1 學校和 band 4 學校學習條件的差異，起碼同學間的競爭在 band 1 學校會比較大。在競賽中當我們遇見強大的對手時，會激發我們最大的拚勁，教我們取得更好的成績。因此你信中所說的 —— 這給我一個機會去反省和督促自己，要比以前更主動地學習，力求上進——就很重要了。要把比賽的對手超出你就讀的學校之外，該包括這一屆所有的考生。

阿英，因為你還奔走在賽道上，我才說這番關於比賽的話。你說得對，「人總要在不同的階段踏足不同的舞台」。壯年時，我們應有一股爭勝的心，這爭勝的對象豈只同一屆的考生！我們還要跟現今世上所有國家和地區的人爭勝，在不同的領域取得光輝驕人的成績。這成績不是指個人的財富和地位，而是能帶給人類的福祉有多少。我們還要跟古人爭勝，看我們能在他們創造的文明上，有多大的超越。能把目標和胸襟放得這麼遠大寬廣，我們便不會為一兩次考試分數的高低而惶惶不可終日，或興奮得不能成眠了。

到了阿濃這樣的年紀，卻又有另一番體悟。在香港、加拿大和世界各地，每年都有各種各樣的「百萬行」，或為籌款，或為表達某個共同的意願。參加的包括男女老幼和用輪椅代步的殘障人士。他們的目的不為爭勝，只在乎努力走畢一段指定的路程。他們並不挑戰他人，而是挑戰自己。在途中，他們要克服許許多多的困難，但他們是歡歡喜喜的；他們到達終點有早有晚，但也都是歡歡喜喜的。我覺得這不失為另一種可喜的人生態度。

人受制於先天稟賦、後天環境，加上時代背景、命運遭遇各不相同，即使付出同等的努力，也不一定取得相同的成果。只要我們積極地走過這條人生路，至於能到達哪裏，也不必去計較了。未走完的路，就讓後來的人繼續走下去。但別忘在旅途中好好欣賞周遭的風景。

　　這一段話對你來說似乎又早了些。我跟你說了，是想你明白我現在的心境。

　　窗外我手植的一棵櫻花正開得燦爛，能看到自己的「成果」是十分怡悅的事。　祝

愉快！

阿濃

聰穎的人，都該念理科？

阿濃，你好！

現在就讀中四文科的我，向來對歷史和文學深感興趣，因此在上個學年末選科時，便毫不猶豫地選擇以上科目。可是旁人總不時向我投以詫異的目光：「讀文科是不是你的首選？」「你這樣聰明，為什麼不選讀理科呢？」……諸如此類的話，令我心中困惑不已。

不知是什麼緣故，人們大多有這樣的錯覺：讀文科的孩子準是成績一般，是思考不夠敏捷的書呆子。反之，那些聰穎，懂得靈活變通的人，都是讀理科的好材料。

阿濃，難道文科所學的，真的全都是只須死記硬背，不用思考的東西嗎？以我所見，即使把學科內容背得滾瓜爛熟，如果不懂深入分析，知其然，而不知其所以然，也是不容易考取好成績的。況且研讀中、西歷史，文學，不但可了解世情時局，欣賞各國文化遺產，更可借古鑑今，有助自己改善處世待人之道！

近代著名作家魯迅也曾談論過這問題，他認為文、理兩者各有優劣，因此學生無論選修哪一科，總要有全面的認知；文科生要看理科的書，反之也是一樣。魯迅的看法可說是頗為中肯和恰當的，身為學生的我們，理應擴闊知識領域，以開拓自己的視野。

香港目前正面臨經濟轉型，邁向高科技發展已是大勢所趨；尤其是特首大力提倡資訊科技教育，更強化了本港重理輕文的現象。再者，一般人都認為文科生的出路較狹窄，不利於升學和就業。其實我覺得做任何事，首要考慮的，是自己的興趣和擅長，不要勉為其難。何況世事瞬息萬變，往往不是人控制得來。我慶幸得到家人的體諒，給予選科的自由，跟那些由父母填選科表格的同學相比，幸福多了。

父母對子女的關懷與愛護，可以理解。但為什麼他們總不允許孩子就自己的興趣、目標，來為前途作出抉擇呢？是出於不信任嗎？

阿濃，你可告訴我以上眾多現象的由來嗎？或者你可有同樣的經歷呢？

家濂

學會數理化，走遍天下都不怕？

家濂：

在我年少時，便有「學會數理化，走遍天下都不怕」的說法；想不到半個世紀之後，這種想法依然存在。

我十分慶幸自己讀中學時，文理沒有分科，我既念歷史、地理，也讀物理、化學、生物，至今覺得全面的知識帶給我許多許多的益處。這益處不僅給我生活和工作上的方便，還影響我對事物和人生的看法。這些課堂的學習，叫我認識哲學、歷史、人文倫理的觀點，也兼備科學的視角。

說到重理輕文這種社會現象，卻是自有來由。既有經濟上的原因，還有血淚凝成的經驗教訓。

經濟上的理由，是因為讀理科出路較多，而且一般來說待遇豐厚。加上不論政治上有什麼變遷，對理科人才的需求總是有增無減。

那讀文科的，不論是辦報、教學、寫作，都無可避免地把他們的思想感情顯露出來。而思想感情的是非對錯，不像科學那樣可以得到驗證。在政治鬥爭慘酷的中國，不容思想百花齊放，甚至連感情也想用一個模子印出來。於是身為異類的文人，往往成為打擊的對象。數之不盡的文字獄，造成多少家破人亡的悲劇。那苟且偷生的，只能以虛假的感情寫奉命的文字，其實這是另一種死亡和毀滅，是藝術的毀滅，也是靈魂的死亡。

文人的下場要比科學界人士慘烈多了！這教許多做父母的觸目驚心，要保護兒女；這有時更是身受其苦之後的一種自然反應，他們不想兒女吃虧受苦。他們盼望孩子讀理科、棄文科，往往有這顆愛護的心在後面，何容深責？

不過上天造人各有所長，它賦予人各種的天分、才能和興趣，因此世間千百種工作都找到不同的人去做。征空有飛機師、宇航員，下海有潛水員；有人在熱鬧的街頭賣藝，有人在深山隱修；有人一把甜美的嗓子娛樂了千萬人，有人一雙巧手造出無比的珍奇；有人通過研究從核子中釋放出驚人的能量，有人用一枝筆感動無數的心靈……因此即使有少數的天才在父母的壓制下，未有機會發揮所長，那天生的長處也往往會突圍而出，走他們自己要走的路。

家濂你是幸福的，有開明的家人尊重你的選擇。不過我建議你在讀你喜歡的文科的同時，也能找一些科學的書籍來擴闊視野。就像那些念理科的同學，也要看看詩詞和小說。

每一種學問都充滿趣味，不去嘗嘗是自己的損失。而所有知識都能互相引發，在自家園子裏苦思不得，到人家廳堂上卻可能靈光一閃。只讀文科書籍的容易變成書呆子，只研究科學的恐怕會成為科學怪人。兩種人都有所欠缺，欠缺的結果是無法當上好父母或好配偶。因為幸福的家庭需要理科的有條不紊，也需要文科的人情道理。　祝

學習愉快！

阿濃

熱情嚇怕師生

阿濃，你好！

我是一個高中學生。回想初中的學校生活，使我改變最大的，要算是我的一班「豬朋狗友」。我稱我的同學為「豬朋狗友」是有原因的。他們雖然對人熱情，也有同情心；可是大多的老師和同學一碰見他們，都會敬而遠之，是怕了他們的熱情和過分激烈的反應。

本來，老師上課最怕同學沒有反應，只懂抄筆記；可是老師來上過我班的課，便會被我們的熱情嚇怕。例如，老師提問時，班上有不少人會把答案直喊出來；當老師要求我們把課文用話劇的形式表達出來，我們都會很投入，更加入不少自由創作的元素。外人看來真有點兒瘋狂。其實我們只是把內心的感受表達出來罷了。況且學校也不只是一個上課的地方，還是人與人彼此認識和交流的地方啊。

人與人之間的交流並不止於學識上，還有思想和感情的交流。有人曾經説過新一代的青少年，是情感死亡的一代。他們對身邊發生的事完全沒有感受，都麻木了。這也難怪，報章盡是自殺、家庭慘劇的新聞；有些悲劇更是發生在朋友，甚至自己身上。身處這種景況，年輕人只能有一臉的無奈。

我班上的同學使我知道什麼是「熱衷」—— 熱衷地學習、熱衷地生活，不放棄生命的精彩和喜樂。儘管人生有高有低、有喜有愁，我們仍然可以選擇自己的生活態度。我不要做一個沒有情感的麻木的人。我要做一個有感情，要哭就盡情哭，要笑就盡情笑的人。這樣的生活才算得上精彩，是活盡了人生。你説對嗎？

關羚

遺憾
不曾當你們的老師

親愛的關羚：

讀完你的信，有一個很大的遺憾，便是不曾有機會當你們班的老師，跟你那些「豬朋狗友」做朋友；與你們一同在課室裏，同聲一哭或同聲大笑。

經常有一種感覺，就是某些學校制度和某些老師的教學方式，扼殺了許多勃勃的生機。就像水泥地的校園，扼殺了野草的生長一般。(「野草」只是人類給它們的名字，在造物主眼中，野草和名花並沒有任何分別，祂同樣賜下

陽光和雨露。)

某些嚴厲的校規、某些嚴肅的教師，是連學生稍為放縱的笑聲，也屬犯禁的。心領神會的即時反應，可被視為不守課堂規則；而幽默感就當作不正經，甚至無禮。結果把孩子們變成木頭人和小老頭子；而快樂、生動、活潑的課堂也就一去不回了。

常常有學校邀請我去演講，千多人的禮堂裏鴉雀無聲。我心裏會想：是不是訓導主任事前對他們下了警告？要他們乖，要他們守秩序。可是向一羣全無反應的聽眾演講，跟對四面牆講話又有什麼分別？於是我會説一兩句閒話，跟大家開個小小的玩笑，要把這過分嚴肅的氣氛化解。當我見到大家臉上的表情多了，有笑意洋溢，身子不再僵住，姿態變得自在，我就知道他們這時才是我需要的聽眾，也是我可以開始跟他們談天的時刻。

如果我是你們的老師的話，我會每天期待來到你們當中，你們也會期待我的出現，因為我們又可以共度快樂的學習時光。

你說：「儘管人生有高有低、有喜有愁，我們仍然可以選擇自己的生活態度。」說得對極了。

你的第一個選擇是有情。古人說：「人非草木，誰孰無情。」其實草木也有情，只看我們懂不懂得體會罷了。一個人愈有情，愈有人氣；麻木不仁的，連聖人也要罵他一聲「非人也」。所謂有情，不是說只為他個人喜怒哀樂，而是情繫天地萬物，為眾生的遭遇和表現而歡喜、憤怒、哀傷、快樂。喜怒哀樂之餘，會想到要為他們做一點事，讓使你歡喜的得到獎賞；使你憤怒的得到平反；使你悲哀的

得到補償；使你快樂的得到鼓勵。

我想補充的是第二個態度：積極地面對人生。對社會上一切不合理的事視若無睹，沒有任何不安，也不覺得自己有什麼責任，同樣是一種麻木。我們不但要做一個熱情的人，還要做一個熱心的人。

「要哭就盡情哭，要笑就盡情笑。」哭過笑過之後，看有什麼責無旁貸、當仁不讓的事，要做就盡情做！這是我對年輕人的期望。

阿濃

完美叫人好懊惱

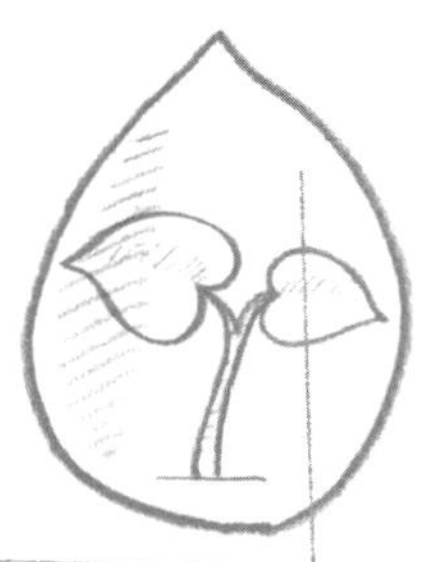

阿濃，你好！

經過三星期的努力奮鬥，考試終於結束。我自知這次的成績一定退步，因為花在溫習上的時間太少，也沒有盡力地溫習，只求混過去就算了。

我承認學校的功課和考試都重要。但自從升上中四，我參加的課外活動不但多了，而且還十分投入。在課外活動裏，我找到了無比的樂趣。辯論比賽前的資料搜集和討論、學校團契的週會準備等等，都使我結交到不少別班的同學，也學會了合作的重要和作領袖的要訣。這使我重新思想考試在我生活中的位置。

無疑，學習是學生主要的責任，但是學習的範圍可以很大；知識不單來自書本，更可以來自生活的其他範疇。要在兩者中間取得平衡，並不容易；有得必有失。

參加課外活動的時間多了，溫習的時間就相對地減少。但是我確信，課堂學習和課外活動同樣重要，不可以放棄任何一方。

既然要堅持，就要學懂看得開，並接納自己的能力有限。對我來說，看得開是一件極其困難的事，因為我有點完美主義傾向，每項工作總要做到最完美才肯罷休。要看得開，我就要乖乖地接受能力和時間的限制，只叫自己盡力去做就算了。

我開始明白「做到最好」和「盡力做到最好」的分別。但是「完美」的理想仍在我腦中打轉。要改變自己，不是一朝一夕的事情。我告訴自己，還是不要急，不斷嘗試，相信始終會有成功的一天。

考試要面對，課外活動要參與，這是我的堅持。

關羚

「你們表演得真好！」

親愛的關羚：

看你這封信的時候，剛在報紙上看到一則消息，教人高興。香港大學學生會的主席張韻琪，以一級榮譽畢業。

不久前還見她與一羣同學搞社會運動，又遊行，又示威，又絕食，成為新聞焦點人物。正擔心她如此投入，會不會影響學業，她卻以這麼好的成績畢業了。

她是如何分配時間，兼顧課內學習與社會運動的？真想她把經驗告訴大家。可惜香港的記者似乎沒有這樣的觸覺。

別怪我保守，我認為青少年在學習期間，課內的學習與課外活動始終有主次之分，而課內的學習始終是主。

讀書期間，我們沒有謀生能力，靠的是家裏的供應；他們的期望，我們不能不照顧。我們享受的教育，也是納稅人的血汗錢。如果我們不把書讀好，弄得要留級，實在對不起那些供給我們的人。

把書讀好，為的是畢業後能更好地貢獻社會，往後的光陰，都應該放在這上面。

説到課外活動，只能是一種輔助，讓我們除了正課外，還在德智體羣美這幾方面，有全面的發展。

因此我們可不要太貪婪，覺得這也有趣，那也好玩，結果在課外活動上花的時間比正課還多。

在眾多感興趣的活動中，仍然要有所抉擇，揀其中一樣你最愛的、最有天分的，深入去學習。也只有這樣，你才能鑽得深、掌握得穩固。說不定這更成了你將來發展的方向。

參加課外活動不只是技術的學習，還要考慮到組織的問題、分工合作的問題。或許你能力高，得人緣，眾望所歸，可也不要身兼幾個學會的主席、幾個小組的組長。要相信別人，不是只有你才做得最好，別人可以跟你做得一樣好；而且由於你難於兼顧，別人可以比你做得更好。

我不反對完美主義，因為我討厭馬馬虎虎，敷衍了事。我最欣賞人家一絲不苟的認真態度。

完美主義者對自己不妨要求嚴格一點，不過對別人就不要那麼挑剔了。只要人家盡了力，成績即使不理想，也要接納和鼓勵。

我認為在工作過程中，可實踐完美主義，樣樣要求做到最好。但這只是一個理想的目標。完工後檢討，總會讓人找到這樣那樣的不足之處。完美主義者要有足夠的心理準備，不然就不會欣賞到成果，看不到大家已付出可貴的心力。千萬不要吹毛求疵，喋喋不休地表示你的不滿，怪責這個，怪責那個，使大家垂頭喪氣，失去了再努力的信心。這時刻要拋掉你的完美主義，與大家一同慶祝已經取得的良好的成績，即使稍為誇張也不為過。到高潮已過，大家冷靜下來，再慢慢研究需要改進的地方不遲。

我的兩個女兒小時都參加了香港兒童合唱團，演出前的訓練非常嚴格；但每場演出之後，團員魚貫進入後台，便會看到團長兼指揮的葉惠康先生，還有合唱團的全體領導層，站在進口處，向他們豎起大拇指，告訴他們每一個人：你們表演得真好！

記得，關羚，即使沒有人讚賞我們，也讓我們跟自己說：哈，還算不錯呢！

阿濃

留學意大利

阿濃，你好！

我一直都很享受跟你通信，不過，這次信不再從香港寄出，因為日前我已離開香港，到了意大利亞得里亞海（Adriatic Sea）旁的一個小鎮 Duino 留學。其實，說真的，現在我們的通信情況也可説沒發生什麼變化，因為我們中間仍隔着一個大海。

香港的學生有意到外國留學的，一般人都會選擇英國、美國或加拿大，我原本也是這麼想。所以當我收到聯合世界書院這個跨國的教育機構的通知，告訴我獲得意大利書院的獎學金時，我感到十分驚訝，認為不可思議。事實上在我心目中的優先次序，意大利連五甲也不入。

不是我不喜歡意大利，而是我本身的性格缺乏冒險的膽識和自信。我討厭事情不能在我掌握以內。

但是上主已經為我鋪好探險路途。就我留學的事，我校的校長問過我對一些宗教問題的看法；有一位老師又提到我對藝術和哲學的興趣；更有一位修女挑戰我的成熟程度。他們經過認真的商議後，都認為意大利這國家，既可讓我探索自己的興趣，又能充分發揮我的潛能。兜了一大個圈子，結果一隻神秘的手又把我牽引到意大利來。

在面試中，為了強調自己的國際經驗，我告訴他們我曾在九七年到過羅馬，逗留了七天，與世界各地的青年，來自不同宗教背景的男女進行靈修的文化交流。那次的羅馬之行，建立了我生命中對許多課題的價值觀，是我人生的里程碑。

我還記得其中的一段插曲。當時我正往羅馬的途上，在旅遊車裏，走馬看花地欣賞窗外民居萬紫千紅的花圃、蒼翠悅目的田野。沉醉於大自然的我，不禁地讚歎：「好美的景致啊！長大後我一定要住在這兒。」剛巧坐在我旁的靈修導師聽到我的狂言，就跟我說：「你不該因為這兒的風景怡人，就想住在這兒。一切都有天主的旨意……」

儘管我不了解這個小插曲對我未來的人生有什麼意義，可是天父卻聆聽了我內心的渴望和夢想，又悄悄地策劃安排，讓祂的美意慢慢地呈現。

但是人又怎能有足夠的智慧，去欣賞上主的計劃呢？

我欣然懷着使命踏上飛機，以為自己已深切體悟天父的旨意。我沒費心思量面前在等待我的一切。抵達意大利機場後，我發現我唯一的行李寄失了。有人告訴我它可能會永遠消失。那刻，我只有一個簡單的背囊，連生活必需品都要倚賴同學，幾乎一無所有。耶穌差遣祂的門徒去傳福音，祂要求他們穿戴簡樸，除了枴杖以外，什麼都不要帶。他們倒空了自己，為要接受別人的慷慨餽贈；我倒是感到十分徬徨，對上主的信心也動搖了。

想不到，過了一天我竟找回行李。牧羊人仍沒有放棄這隻迷途的羔羊。

初抵意大利的日子，我被困在鄉愁的深淵和自怨自憐的牢籠，我跪在聖堂內讓天父撫摸我濕潤的臉龐。我看到耶穌走在苦路上，又看到自己面前的路，漫長而沒有終點。我讓天父背負我的十字架，釋放我的心靈。然後我開始明白我這趟留學，其中的一個功課，是要學習感受痛苦，擁抱痛苦。當然，我也會認真地去尋覓意大利的美麗。

感謝你，因為寫這封信，再次令我有反省和感動的機會。

品仰

（編者按：品仰自中五起，便在《突破少年》與阿濃每月一信。在這信之前的通信，見於書內其他頻道。）

伸開雙臂，打開心扉

親愛的品仰：

知道你現在意大利，我就想起幾年前我那趟歐遊。路上匆匆，當年旅途上的許多印象都已模糊，卻還記得在威尼斯渾濁的河水上聽男高音唱〈可愛的太陽〉；在翡冷翠背誦徐志摩〈翡冷翠的一夜〉僅記得的幾句：

要是不幸死了，我就變一個螢火，

在這園裏，挨着草根，暗沉沉的飛，

黃昏飛到半夜，半夜飛到天明……

旅途中拍的照片，我最喜歡的一張也是在意大利一個廣場上拍攝的。在廣場上，我張開雙手，讓鴿子停在我的臂上、肩上、頭上。我笑得那麼開心，使我後來要問自己：「當時為什麼這樣開心呢？」我想：是因為鴿子對我的信任吧？這種野鴿子對陌生人的信心，在香港是找不到的。當我一旦被大羣鴿子如此信任，跟我親近時，我的心充滿了快樂。我收到讀者朋友來信時，也有這種快樂的感受，因為他們也是如此信任我，向我傾訴心底的秘密。

我有一個女兒也曾像你一樣孤身上路，到英國威爾斯的一個海邊小鎮讀大學，她的鄉愁，我們通過電話線也深深感受得到。有一次她病得不輕，卻不敢告訴我們，只是一個人抵受着，直到病好了才讓我們知道。她畢業後我們曾去探訪她的學校，那是一個長年颳着大風的地方，海邊的巨浪咆哮，擊打着岩石，岩石上是一座座荒涼的古堡。我們才進一步了解她當日的孤寂。不過這一段日子也造就了她堅忍獨立的個性，成為她性格上閃亮的結晶。

意大利是一處美麗的地方，愛好藝術的你自有一雙慧眼去發現，一顆慧心去感受。不過我仍想提醒你一句：比風景更美麗更豐富的是人的靈魂。希望你能多接觸那邊的人，從身邊的同學、老師，到房東、鄰居、小店老闆、計程車司機、街頭畫家……希望你也能伸開雙臂，歡迎他們作你的朋友；通過友善的交往，互相建立信任，打開心扉，展示各自的靈魂。　祝

愉快！

阿濃

1. 在人生的賽道上，阿濃提出可以用哪兩種態度來自處？你會選取哪一種態度？為什麼？
2. 你選讀了或是準備選讀文科、理科，或是其他的？你覺得自己有什麼欠缺？有什麼具體的方法補足？
3. 在選科時，你認為父母該扮演怎樣的角色？
4. 你可認識一兩個對生活熱衷的人？跟他們聊聊，或相約遊玩，看看有什麼領會。
5. 你參加了哪些課外活動？有什麼收穫？怎樣與課堂學習調協？
6. 你有到外地旅遊、學習或生活的經驗嗎？可有哪次的遭遇改變了你一些看法？品仰和阿濃的女兒的經歷，可有觸動你什麼？

活得輕鬆頻道

Channel 3

品仰：我相信生命的意義取決於一個人是否懂得去愛。

阿濃：在我離開這個世界之前，我要為它作點有益的事。不論作了多少，我都沒有遺憾，因為我已盡力。我希望我能留下一點什麼，或許只是幾本書，甚至只有一兩篇文章。

沒想過會如此害怕

阿濃：

因為考試，遲遲未寫信給你，真不好意思。我沒想過會對這次考試如此害怕。當我考最後一科時，一度怕得什麼也不懂得答，只想哭。現在考試已過去一星期了，但我還是很擔心，怕自己不能升班。

跟你提過的那位同班好友，以前我認為只要我待朋友好，朋友自然也會待我好；現在知道很多事情都不是我想的那麼簡單。我總覺得我和這好友之間還是不夠坦白，好像只是玩伴的關係，大家很少交心，真是很可惜、很無奈。

説到愛情，原來喜歡一個人真的不難，但要放棄一個曾經喜歡的人可一點也不容易。對於他，我寧可選擇友情而非愛情。我寧可跟他是一輩子的好朋友，不用分開，總好過拍拖後要分手。因為我真的很珍惜這份感情。

最近我常常做許多的夢，確是睡得不好。有時夢境會很真實，也不知何時在夢中，又何時在現實中，不禁叫自己生怕。

你在加拿大的屋子是不是很大？不過以後記得小心一點了。如你所說：「人生充滿意外。」做人必須謹慎。

送你兩顆小小的紙摺的心，作為提醒吧！　祝

平安愉快！

慧

九九八十一難

親愛的慧：

拆開你的信，兩顆精緻的心首先掉下來，如今它們正在我案頭，謝謝你對我的關懷。加拿大的屋子雖大，但不是危機四伏的。最要小心的是開車，因為偶一疏忽便有嚴重的後果。我也出過兩次小小的意外，事後想起來都捏一把汗。能夠平安度過要感謝上天的庇佑。以後開車，我都會記着：有許多人，包括慧你，都希望我能夠十分小心。

不過看了你的信，覺得你有很濃重的不安全感。你擔

心考試成績，你怕友情不牢固，你對愛情沒信心，甚至夢境也使你困擾。

最近看了電視片集《傑出華人系列》之〈白先勇〉。白先勇說他只寫過一篇以香港為背景的小說：〈香港一九六零〉，他覺得香港人一直普遍存在着一種不安全感。慧，看來你也是其中之一。

考試是學生做不完的噩夢。我到社會做事之後，因為繼續作業務上的進修，仍要面對大大小小的測驗和考試。後來退休了，以為從此考試與我無關，誰知道來到異地，還要為駕駛執照考試：筆試和路試。我那最後的一次考試正是路試，開的是師傅租借給我的車，自動換檔那種。那洋人試官上車後，我啟動引擎，不料車子一點反應也沒有。我再試轉動車匙，一樣渺無聲息。那試官兩手交叉合抱胸前，一言不發。我想這次一定「肥佬」了。忽然記起學車第一節師傅説過：換檔桿要放在P字檔，才能啟動引擎。低頭一看，原來因為焦急，放了在D字檔，難怪車子發動不起來。立即把換檔桿推向P字檔，車匙一轉，引擎應聲發動。那試官冷冷地說：「再過三秒鐘你還不能啟動引擎，我便要給你打不及格了。」好險！幸而後來一切順利，我一下就拿到了駕駛執照。現在想起這段經歷還覺好笑。

慧，其實人生除了有各種名稱的考試，還有無名的考試，就像爬山一樣，爬過了一個山峰，新的山峰又在前面。唐三藏取西經，要經過九九八十一難，我們一生面對的困難可能不止此數。當我們面對新的山峰時，總會感到一種往高攀爬的壓力；到我們站在峰頂下望時，卻有一種征服高度的自豪。

克服考試恐懼最佳的辦法，仍是充分的準備。我們往外地旅行，如果預備了足夠的旅費，自然安心；如果只是僅僅夠用，便少不免會擔心超支。考試何嘗不是如此。

我對友誼從不強求，緣來緣去，有複雜的原因也有偶然的因素。得一知己於願已足，知己滿天下恐怕應付不來。我待他好，他肯接受已屬難得；他如何待我，毋須計較。既然無求，也就沒有什麼要擔心的了。

説到愛情，那患得患失的心情是一種痛苦，也是一種滋味。詩人徐志摩説一盞苦水勝於白湯。胡適有一首小詩説：

也想不相思，可免相思苦。

幾次細思量，情願相思苦。

他又在朋友張慰慈的扇子上寫了兩句話：

愛情的代價是痛苦，

愛情的方法是要忍得住痛苦。

因此不願承擔痛苦的人，也就無緣享受愛情的甜蜜了。既然痛苦在預料之中，那就可以勇敢地去愛了。愛情和友情是兩回事，不是任由你去歸類的。當愛情來時，希望你能無懼地去承受它帶來的一切。最後祝你

常有好夢！

阿濃

付出叫我覺得安全

阿濃，你好！

最近看了一個香港電台製作的電視節目，裏面訪問了一個香港女子，她自願到印度加爾各答的「垂死者之家」當義工。垂死者之家是德蘭修女創立的，專門收容無家可歸的垂死病人，由來自世界各地的義工悉心地照顧他們。

這個女子本來是一名雜誌記者，不單有穩定的收入，還有機會到外國採訪。她有一趟到垂死者之家當義工，便決定辭去工作，利用自己的積蓄，到印度加爾各答生活，繼續在垂死者之家服務。她當了義工一年多，熱忱並沒有半點退。有些人要擁有物業或積了點錢才有安全感，但她剛好相反。她只要精神滿足，其他事情對她來說都十分簡單。

我不會因為沒有物業或金錢積蓄而沒有安全感；但我的安全感大都建築於別人對我的評價上。當別人認同我的觀點和所做的事，我便感到十分有安全感；反之，當別人不同意我時，我便沒有安全感，感到失落。這樣子被動、受人影響，是很辛苦的。因為當自己努力的成果得不到認同，挫折感會很大；同時，別人也不可能事事同意自己。

我想，那個女子當義工的其中一個原因，是她從服侍卑微貧窮的印度人當中，得到精神上的滿足；她也因而覺得生活有意義，感到十分快樂。也許，付出就是得到安全感的好方法，也是獲得快樂的途徑。當一個人肯放下自私的心付出自己，就會看到別人很多的需要，也會發現自己其實十分幸福。知道自己擁有那麼多，還多得可以分給別人，自然就會感到快樂，有安全感。

另一方面，付出是主動的；付出多少和怎樣付出都由我們自己控制。即是說，安全感和快樂也在掌握之中。

快樂與否全在自己，不在別人。雖然我不像那位女士，有這種犧牲的精神，但我也願意付出更多，尋找精神的滿足。

關羚

Channel 3

星星不自卑

親愛的關羚：

中國有一個「野人獻曝」的故事：有一個鄉野的窮人，在寒冷的冬天曬太陽覺得很溫暖。他對妻子說：「我要把這個發現告訴國君。」

野人不知道國君住在有火爐的屋子裏，外出穿着狐裘，根本不用曬太陽取暖。但野人這番心意還是值得欣賞的。

別人的好意，不論是大是小，對我們是否有用，首先要感謝的是他們的心意。

同樣，你為別人所做的一切，只要存心是為社會好、大眾好，不論效果如何，貢獻多少，都應該受到肯定。即使成績不盡理想，你至少問心無愧，或許有小小的歉疚，卻不該有長久的不安。

讀過一則有趣的小故事：有一個小男孩到雪糕店吃雪糕，他向侍應生姊姊把價錢問得很清楚，甚至有點過分仔細。後來他點了一種較便宜的雪糕，吃過之後付款離開了。侍應生姊姊在收拾桌子時，發現他留下了小賬。那小賬加上去，足夠他買一種較貴的好吃的雪糕。

事實上小男孩付的小賬，也不過是一個小數目，但侍應生姊姊很感動。

我們的付出不在多少，甚至也不在乎它起了什麼作用。最重要的還是一顆真誠的心。

能認識這點，你就毋須把安全感放在別人的評價上了。

我們的能力有限，在要選擇的情況下，該首先幫助最有需要的人，最窮、最苦、最無助的人。不是因為我們最有把握贏得他們的肯定和感謝，而是他們的需要最迫切。

關羚，人不是永遠有幸可以處於幫助他人的位置，我們也有可能陷於逆境，需要別人的幫助。你會不會因此感到沮喪、屈辱，完全沒有安全感呢？那麼你只許自己幫助人，不許他人幫助你了。這並不見得公道啊！助人為快樂之本，你是不讓別人有布施的快樂了？這是另一種吝嗇。

當我們得到許多親友甚至陌生人的關懷、幫助時，應該衷心感謝，快樂無比。我們就會覺得這是一個被愛包圍、充滿安全感的世界。

你追求精神上的滿足，這在崇拜物質的社會是一種高素質的情操。但我認為精神的滿足不要全依附於他人的評價，更不要因此強迫自己付出更多，來換取好評。不然，當需求極大，而個人能力有限，你就會受這種壓力困擾。

天空有太陽，有月亮，有星星，它們的光明和熱力有強有弱，但它們一樣不倦地照臨大地，沒有哪一個會因此自卑。春風輕輕地吹，春雨細細地灑，總有一些植物給漏掉了。春風、春雨的撫愛和滋潤，難求絕對的均勻，但我相信它們也不會因此抱歉和不安。

我們自自然然、認認真真、勤勤懇懇地為社會和人羣作出貢獻，一生不懈；也不去計算什麼成敗，計較什麼毀譽。就讓一顆平平常常的心，去感受無比的平安和滿足吧。

阿濃

掌握自己的幸福

阿濃，你好！

會考過去了！但我還在回味中國語文科裏有好幾篇選文的內容。

在莊子的〈庖丁解牛〉一文中，課文題解分析莊子的人生觀基本上是消極的，因他認為「人生也有涯，而知也無涯，以有涯隨無涯，殆已。」但我對這解釋總是不能釋懷。我認為要是人能了解自己的本質，同樣可以建立具體的目標，達成積極的理想。

其實每一個哲學觀點，都可以從許多不同的角度來剖析。以莊子的看法，在世人眼中並非良木的一棵樹，可以逃過被砍掉、被操控的命運，反而對養生有益。也有人寧願樹木被砍掉，即使化為熊熊烈火，也總算有過璀璨人生。至於我，我就認為只要那棵樹用根抓緊土壤，用它的

幹來儲存雨水，防止水災或乾旱，那便算活得有意義。

原來不用活得轟轟烈烈，簡單樸實的生活也可以是卓越的。所謂顯赫的人生，並不一定幸福。亟亟爭取的人各有煩惱，成為財富和名譽的奴隸。他們迷失真我，失去自由的歡樂。通過踐踏弱者來攀附高位，或以貢獻世界為藉口，卻去剝削他人資源、危害自然生態的人，都不是真正的強者。

而關懷的心是與生俱來的，愛心也可以學習得來，因此人人都能尋求並且掌握自己的幸福。我想生命的目的就像歐陽修在〈醉翁亭記〉中所表達的思想一樣：以豁達的胸襟，通過體驗他人的幸福，來達成自己的幸福。

阿濃，你有什麼想法呢？

品仰

清晨露珠的故事

親愛的品仰：

會考終於過去了，不論成績如何，心情總比較輕鬆，那就「放縱」一下自己吧。我說放縱，就是做自己最想做的事，譬如說到祖國的大地去走走看看，認識這塊我們祖先發源、億萬同胞在此生老病死的土地。

來信談的是生命意義的問題，像你這樣年紀的人會開始想，並且想得很多。反而是到真的成人了，許多人已不再想這個問題，像隨着激流奔馳的樹枝、雜草，根本沒有

停下來思索的機會。

想到讀者中，也許有些的年齡只相當於你的弟妹，這一類的問題對他們來說，又似乎深了一些。

或許我試着深話淺說吧。

我寫過一則童話叫〈清晨的露珠兒〉。露珠兒的生命是夠短促的了，曹操在〈短歌行〉中便有：「對酒當歌，人生幾何？譬如朝露，去日苦多」的感歎。故事中的露珠兒們都想在離開這個世界之前，「能做點什麼，能留下一點什麼，甚至能多看到一點什麼也好。」

露珠兒們有些鑽進了泥土，讓花草樹木的根鬚來吸吮，幫助他們生長。

有些露珠兒被攝進攝影家的鏡頭，留下了美麗的影像。

有些讓白鷺帶上了天空。他們驚歎地說：

「世界真大啊！」

「世界真美啊！」

可是白鷺身子一抖，露珠兒們立腳不穩，從半空掉了下來……噢，在未到達地面之前，露珠兒將一一消失，可是他們都微笑着說：

「我們真快樂啊！」

品仰，這故事正是我對人生的看法了。在我離開這個世界之前，我要為它作點有益的事。盡我的能力去作，能力大便多作一點，能力小便少作一點。不論作了多少，我都沒有遺憾，因為我已盡力。我希望我能留下一點什麼，或許只是幾本書，甚至只有一兩篇文章。但我不會強求，千萬種作品都經不起考驗，在歷史的浪潮中被淘汰了。我的作品在十年、二十年後再找不到讀者，是大有可能的事；

但能維持這十年、二十年，已經足夠我歡喜的了。

阿濃

兩代鴻溝的魅力

阿濃，你好！

我曾看過一齣名為《屋企有個麻煩友》的話劇，由香港基督教服務處主辦，「圍威喂劇團」擔綱巡迴演出；主題環繞「長幼一家，共融社會」，並提出「互相依存」的觀念。

這劇給我很大的啟發。故事中人都活在自我中，一家四口互相指責對方是「麻煩友」。後來，他們要佈置新居，在合作過程中把冰牆融解，發現原來誰也不麻煩，大家一同看到了新希望！

年輕一代的思想和成長文化，都與長輩不同；兩代的年日相距遙遠，彷彿隔了一道鴻溝，要跨過它既費力又麻煩。但對我來說，這鴻溝卻有獨特奇幻的魅力，吸引我去探索彼岸動人的世界！我的外祖父母還算健壯，外祖母尤其好動。我對他們童年的故事，抵受過貧窮、戰爭、逃難的

經歷極具興趣。我用心聆聽着那些說不完、道不盡的歷險記，時而興奮，時而憂心，腦海中勾畫出一幅幅悲喜交集的畫面。我學習到他們如何以豁達的人生觀面對逆境、享受生命。

明愛中心的長者曾到我校宣傳「國際長者年」，透過表演朗誦詩文，表現老有所為的理念。我也曾參與校內崇德會探訪護理安老院的義務工作，給老人家送上聖誕的祝福！那一刻我們彷彿湧到江河的交匯處，交流的愉悅、滿足和感動是難以言喻的。我希望每個人也可感受到「長幼一家」的喜樂。

你對「長幼一家」又有什麼展望呢？

品仰

探索彼岸動人的世界

親愛的品仰：

看了你的信，知道你對老人家有一份親愛的心，不但接納他們，還欣賞他們，不能不稱讚你一句：可愛的孩子！

以我的體驗，生活中的「麻煩友」的確很多，「發現誰也不麻煩」，恐怕只存在於戲劇之中。我欣賞編劇者美好的願望，但我更想提醒大家現實並不那麼美好。

很小很小的嬰兒已經是麻煩友，白天睡覺，晚上哭鬧，才不理會大人第二天要上班，要「搏殺」。這邊才幫他

們換了尿片，那邊他們立即又來一泡。

到他們會行會走了，就到處闖禍，把東西丟進抽水馬桶，把玩具從露台扔到街上，把手指伸進電源插座的插孔，還在牆上塗鴉。

十來歲的少年，整天佔着電話，幾個小時不放。問大人要錢買這樣買那樣，買的都是電視廣告上宣傳的東西。

該是理應懂事的青年了，可一點責任感也沒有，從來不幫着做家務，自己的房間亂得像個狗窩。出門從不説到哪裏去，要不要回來吃飯也沒有一聲通知。男的要學駕駛電單車，女的穿很短的裙子，同樣使父母擔心。找工作從來不着緊，不是嫌工作辛苦便是嫌工資低，半年內轉了七份工，平均每份工做不到一個月。薪水從來不拿給父母作家用，一百幾十的借了從來記不起歸還。

中年的父母老是擺權威，道理永遠是他們對。孩子的意見不是幼稚便是無知。選科、考學校、交朋友、找工作，他們樣樣有意見，不知為什麼他們跟孩子的看法總有很大很大的差距。

老人家的麻煩絕不少。且不說健康問題層出不窮：風濕骨痛、高血壓、糖尿、心臟病、中風、白內障、柏金遜……還有說不完的叮嚀囑咐，使你受不了的慨歎埋怨。三天兩日想到什麼新主意，要大家立即幫他辦到，完全不容你考慮、延遲。

阿濃無法改變他人的麻煩，在看到人與人之間互相為麻煩而煩惱時，我便與妻子互相告誡：我們可不能這樣子啊！當你發現我有這樣的毛病時，記得提醒我啊！

很欣賞你的一句話：探索彼岸動人的世界。相信人人

都是一個動人的世界，只待我們去探索，這是何等寬容、樂觀、美麗的襟懷！

我想告訴你的是，你說得一點也不錯。我教過最頑皮、最反叛，早被視為無可救藥的學生。起初他們傷害過我的感情，到他們終於接納我時，還給我的卻是最真摯的愛，使我覺得他們是我在教學工作上最大的成就。

我認識了好些各有古怪脾氣的老人家。他們之中有人完全沒有朋友，家人也並不諒解，往往獨自一人每天在茶樓獨坐兩三個小時。我跟他們交往之後，聽他們講述了許多動人的故事；而他們對我的關心，竟像是把我當成他們的子姪一樣。

去年我回港參加文學活動，一位在唐人街賣報紙、卻喜歡寫新詩的老人家在這期間病逝，聽說在病中還常記掛着我。他的詩很有何其芳的味道，他皮夾子裏有他年輕時的照片，樣子的確英俊。大家只認識他是個行動顢頇的「報紙佬」，誰知道他靈魂上還是一位感情豐富的詩人。

品仰，有寬容、樂觀、美麗的襟懷的人，他的心靈定是一個無比美麗的世界，我已經從你的信上依稀地看到了。

聽說你正緊張地面對公開考試，在這裏預祝你成功！

阿濃

1. 在某些事情上，慧與關羚都沒有安全感，你也有同樣或類似的問題嗎？你怎樣看阿濃提供的解決的方法？
2. 你願意當怎樣的一棵樹？化作熊熊烈火，還是抓緊土壤，儲足水分過活？為什麼？
3. 阿濃認為助人、做人，可以持怎麼樣的態度？你怎樣看這種生活態度？
4. 人人都是一個動人的世界。試試接觸生活圈子以外的人，跟他們交談，或細心觀察一下，看看有什麼發現？

貼緊潮流頻道

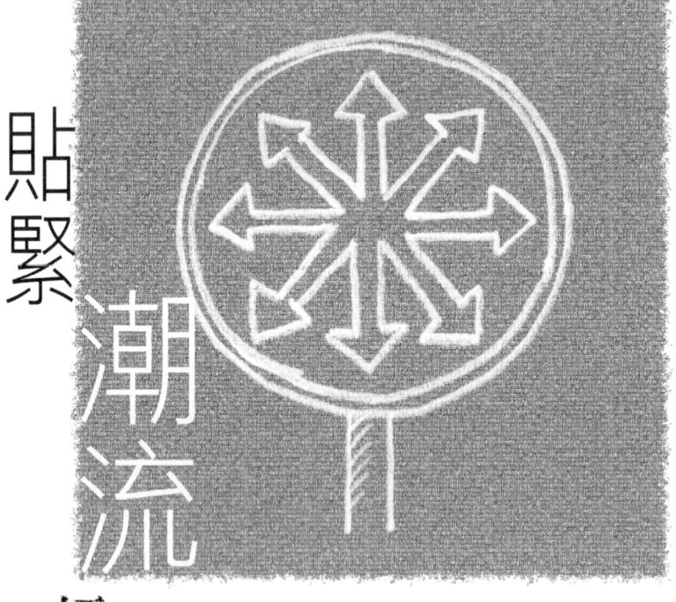

Channel 4

品仰：是否所有傳媒都有善用自由來報道真相？

我想了解你對「傳媒應否接受監管」的看法。

阿濃：年輕一代固然可以自己投下正確的一票，

更可以影響家人投下正確的一票。

這才是最有效的監管。

哈日(註)浪潮

阿濃，你好！

近日我看了一個有關日本藝伎的節目，得悉藝伎——日本傳統文化中的佼佼者——的歷史、在當地的生活，以及在現代社會的地位。

節目中的藝伎說，她們每天練習傳統日式舞蹈和樂器長達十小時；演出前更要化妝三小時，但表演時間卻只約二小時。

儘管這些藝伎在傳統的藝術中力求進步，但換來的卻是藝伎館不斷結業，她們要面臨失業的命運。更悲慘的是，她們不再受年輕一代重視。日本年輕人愛到「的士高」跳para para dance，或在涉谷街頭表演美式「街舞」、「夾Band」、玩滑板……卻從無意往藝伎館欣賞傳統文化，難怪藝伎事業日走下坡。

其實藝伎的悲哀，早在我的意料之中。就是身為遊客，只要到日本街頭走走，便不難明白，因為觸目都是五吋以上的高跟鞋、超短迷你裙、五顏六色的頭髮……日本的文化只是一味地跟着西方轉變，卻已失去自己的風格。

或許有人認為這只是日本國民的事，不須外人勞心；但可有想過，香港還不是面臨同樣的命運？

在日本的影響下，香港的青年似乎變得毫無個性，非常「哈日」。衣着、話題、音樂……幾乎都以日本作為指標；盲目追捧「古着」、「鬆糕鞋」潮流，或是日劇、樂隊等等，再也不注重自己的本土文化。

香港傳媒看來也有大力推動這股崇尚東洋之風，例如天天刊登日本的潮流時裝、日劇內容；另一方面，本地歌手也不斷模仿日本藝人的唱腔，甚至把他們的歌曲改編過來。

模仿其他國家的東西，似乎已成了國際大趨勢；但自己國家的文化隨之沒落，也是必然的代價。真難想像將來的世界，會變成怎麼的一個模樣！但願將來的年輕一代，能多留意本土文化，並保留本身民族的特色吧。

家濂

註：台灣年輕人的用語，以表示自己熱愛一切與日本有關的東西。

潮流沒法擋？

家濂：

溫哥華是一個多族裔的城市，並且有不同族裔分別聚居的現象，因此出現了中國城、小日本、印度區、小意大利等正式或非正式的地區名稱。如果你到這些地方走走，會發覺在服裝方面，印度人最肯保留他們的特色，男的仍然有不少人裹頭，女的也穿着披披搭搭的紗裙。中國人的穿着卻幾乎跟本地人沒有什麼分別。功夫的裝束只能在成龍的影片中看到，不然就要等一年一度的春節大遊行了。

那些舞龍舞獅的隊伍，個個穿上功夫服裝，包括那些「鬼佬」學員在內。

我欣賞印度人對國家民族傳統的執著，也欣賞中國人的融入。如今我們中國國家領導人外訪，也不見穿中山裝一類的「華服」了；他們穿的是剪裁得體的西裝，我覺得這也很好嘛。

日本文化跟隨西方，香港文化跟隨日本，中國大陸文化又很受港式文化影響；其實西方社會何嘗不慨歎傳統文化的沒落！

喜新厭舊，尤其是年輕人愛嘗試標奇立異的東西，這是全世界都一樣的情況。

人類可能同出一源，而隨着交通和資訊的發達，地球上的人匯聚在同一個「地球村」的日子，相信也不遠了。

西風東漸也好，東風西漸也好，這種互相交流、互相影響的情況是無可避免的。香港的日本壽司店裏擠滿了中國人，溫哥華的中國餐館的「老番」顧客也愈來愈多。互相欣賞總比互相猜忌和抗拒好。

這種互為影響的情況當然難免「沙石俱下」，不好的東西比好的東西往往傳播得更快。愛滋病、瘋牛症為患全球，就是最好的例證。

像加強檢疫也不能防止這些惡疾蔓延一樣，外地文化的入侵，那潮流也是擋不住的。像流感一樣，各種不同的新型感冒病毒，每年都會橫掃全球。

醫生會忠告市民，增強個人體質是預防疾病最佳的方法。我想：要保護本土或本民族的文化特色不被侵襲、淘汰，也要培本固源，再發展它茁壯的生命力，成為世界文明中繁茂的奇葩。

問題是我們可曾認識什麼是我們傳統文化中最優秀的東西？

西方人出於獵奇心理，對東方一些帶神秘色彩的學問感興趣，書店裏不乏介紹風水、太極、氣功的書籍。他們把這些視為中國文化的主要內容，連幫我家清潔窗玻璃的洋人青年也跟我講風水、講功夫。遺憾的是我們對這樣的誤解，不但不覺得有什麼不妥，還乘機加以迎合。

從清末到如今，中國人對中西文化抱持的態度，出現多次極端的情況：由鐵路都給拆掉的極端保守，到打倒孔家店的極端崇洋賤中，以至在文革時把中西文化一同當垃圾掃除的行徑都有。中國文化究竟有什麼優秀、優秀在哪裏，恐怕知道的人是愈來愈少了。

作家白先勇概歎：沒有見過世上有哪個民族，對自己的文化是如此憎恨、痛恨，要把它徹底打倒、連根拔起的。

他說時無限痛心。我相信這樣的噩夢該已過去，但重新認識我們文化的工作，似乎還沒有認真去作。

有一個時期，我也看不起中國畫，因為太多模仿抄襲的作品。後來看了古人許多的佳作，這印象才慢慢改變過來。有一次胡菊人先生跟白先勇對談小說藝術，白先生忽然談起中國畫，他說：「五四到現在，為什麼一開始就學西方，為什麼不畫我們的山水呢！這是我們最優良的傳統，全世界的山水畫是我們的最好。為什麼不畫國畫？我不了解。」

白先勇認為中國要文化復興，第一要改革課程，先學中國的東西，美術學中國畫，音樂學古琴、古箏、琵琶，甚至京戲。

他又説：「我們的教育很失敗。只會罵年輕人，其實是自己造成的，非常值得擔憂的事。」

對於中國的文化復興，胡菊人先生在另一次與白先勇的對談中有這樣的看法：

「將來的文化復興，應該是把中國好的東西傳下來，如人情與人倫、仁愛的心懷，同時一定要接受西方文化中最精華的東西，如理性主義、人權思想、民主制度，或者一點馬列主義中的平等思想。但這些東西談起來容易，做起來便困難重重。」(註)

是的，困難重重，但不做便永遠停留在那裏。

家濂，似乎愈談愈有點沉重的感覺了。不過對我來

說，如果見到穿「鬆糕鞋」、迷你裙，頭髮五顏六色的青年人寫書法、彈古箏，我倒是十分開心的。　祝

愉快！

阿濃

註：胡菊人、白先勇兩位先生的兩次對話，見白先勇著的《第六隻手指》，華漢文化，香港，1988。

好想了解本地的文化

阿濃，你好！

幾年前我曾得到一個校外評核的進步獎，負責校刊的同學也邀我作過一個訪問，希望了解我對進步的看法和我做人處事的座右銘。

「比對我以前的成績，分數提高了，就是進步了。」我這樣回答。至於座右銘，我就靈機一觸，把「終身學習」一詞，改作自用：「是不斷學習！」

訪問結束，當我靜下來沉思自己那番話，才發現遺漏了不少東西。進步應包含個人心境的成長，那段由懶惰到努力投入學習的過程。這不單是學業上的進步，也是態度上的進步。我相信這是力求進步的人都需要的體驗。

説起進步，令我聯想到文化。文明在時間的見證，人類的奮鬥，與累積的經驗中前進，有缺陷的思想漸被淘汰，

美好的就流傳下來。儘管有後退，有停滯不前，也有方向錯誤的時候，但文明總是掙扎着進步的。

談到香港文化，我的認識非常有限。有人認為文化就是生活習慣，也有人說香港人的拚搏精神才是答案；還有人批評香港人是無根的，眼光短淺，只求利益，不為將來鋪路。

香港因它獨特的歷史因素，糅合各種各樣的文化，這似乎是優勢，但卻同時令香港本身的特色變得含糊。我想若要令香港的文化進步，便必須明白它的本質。你認為有什麼方法可加深我對這方面的了解呢？

品仰

你會不會要一杯冰水？

親愛的品仰：

寫這封信時是二月一日，還有幾天就過中國新年了。

大年初二是星期天，我會到唐人街去看巡遊，這是我每年一定去參加的節目。

巡遊隊伍經過的街道會禁止車輛通行，巡遊時彩旗招展，鑼鼓喧天，有金龍，有醒獅，有軍樂，有舞蹈。隊伍中有七八十歲的老人，代表某個鄉親組織；也有七八歲的小孩，代表某間中文學校。隊伍中還有洋人，他們大多是

某個武館的學員，一樣穿着中國功夫裝，在醒獅隊伍裏或扛着「我武維揚」的旗幟，或神氣地敲着大鼓。

這麼濃烈的中國文化氣氛，我只是兒時在故鄉經歷過，生活在香港這現代化的都市裏，過年的感覺反而愈來愈淡薄。我相信這跟我們到了外地，特別想吃中國菜一樣，僑居外地的中國人（其他國人也一樣），對於本身的文化反而愈加珍惜，怕它失傳。除了平日硬要孩子在放學之後，或週末、星期天去上中文學校之外，到了重大的中國節日，總要隆重地慶祝一番。

初到加拿大，欣賞了一場兒童文娛表演。叫我驚奇的是，表演的兒童雖然來自不同的單位，舉辦者也沒有任何規限，但他們唱的是中國歌，跳的是中國民族舞，還有中國功夫、中國戲曲，使我覺得我離中國一點也不遠，中國就在我的身旁。

你的信談及你對文化的一些看法，很同意你説的：文化總是掙扎着進步的。中國也好，香港也好，全世界也好，即使仍存在許多不理想、不美好的東西，但總的來説，人類的文化是比前繁榮了、昌盛了、進步了。

我也同意你説的，因為糅合了各種各樣的文化，香港本身的特色變得含糊（我想該用「模糊」）了。我覺得這模糊是世界性的，隨着世界性愈趨頻密的文化交流，這模糊將是一個總的趨勢。模糊的結果不是非驢非馬的四不像，而是像混血兒那樣，集中了父母兩個族裔（或更多族裔）的優點，長得特別漂亮、特別聰穎，形成了另一種特點。

你問我有什麼方法可以加深對香港文化的了解。品仰，我擔心我的信寫到這裏，再沒有幾個少年朋友有耐心

看下去了。因為你要求自己「不斷學習」的結果，已經超前了你同年齡的朋友許多。他們寧願知道玩 ICQ 有什麼技巧，怎樣在 para para 機上有更「勁」的表現，而不想去探討什麼香港文化。其實他們感興趣的已經是現代香港文化的一部分：與科技結合，追求感官刺激，鬥智鬥力……不過，就像在街頭看一場表演，總有人在中途因不感興趣而離開，但表演還會繼續；哪怕只有一個觀看的人，我的信還要寫下去。

想加深對香港文化的了解，一要認識它的源流。香港文化的源流來自中國，源遠流長，要研究很容易迷失方向，可行的途徑是溯流而上。對香港與中國文化的關係已經有不少學者下過工夫，其中一位是羅香林先生，你可以找他的著作來看。到新界去參觀一些古老的村落，找老人家聊天，看他們如何慶祝節日，如何進行婚喪嫁娶，會給你補充一些感性的認識。

二要體驗香港基層市民的實際生活。這是一個極為廣闊的生活面，跟電視劇上的生活有很大的分別，跟你和你的同學們的生活也各有各的不同。有機會的話，去看看各種居住環境：豪宅、唐樓、居屋、公屋、天台僭建木屋、臨屋、籠屋……去看看不同的家庭：大富之家、小康之家、白領、藍領、小販、苦力、獨居老人……去看看不同的坊眾活動：逛廟街聽粵曲、盂蘭節打醮、大廟進香、長洲出會、清明祭祖……

三要分析潮流上的事。潮流上的事可能只是文化長河奔流過程中激起的水花，但它們的產生和消失總有它們的原因，研究一下會加深你對香港文化的認識。譬如為什麼

內容愈有問題的報章雜誌愈暢銷？為什麼電視節目也好，讀物也好，許許多多的人是一面罵一面看？為什麼拍戲之前要供燒豬上香祈福？為什麼電視節目主持人在請「玄學大師」指點迷津之後，又要加上一句「命運還是掌握在我們自己手裏」？

一些很小的事有時也會引起我的思索。帶年輕一代去喝中國茶、吃中國菜，他們總愛叫夥計給他們一杯冰水，家家的孩子都如是。這是不是可以分析出許多文化上的問題？

品仰，我們還不曾面對面地聊過。當我請你喝中國茶時，你會不會也要夥計給你一杯冰水？

阿濃

傳媒要接受監管嗎？

阿濃，你好！

雖然我們沒有面對面聊過，但我記得小時候曾在「故事王國」這活動見過你。你還記得這活動嗎？這次寫信給你，很希望跟你分享我內心縈繞不去的疑惑！

我常在想，現今傳媒極度誇張現實世界的完美或殘酷，又渲染仇恨、暴力與色情，不禁擔心這可會為青少年帶來嚴峻的思想衝擊？但綜觀社會上一些年輕人不成熟的行為，卻又彷彿印證了一個事實：青少年確受到不良的影響！

儘管如此，我這個不折不扣的年輕人，卻感到心有不甘。我深信只要懷着信念，在不良思想的洪流裏，仍可逆潮而行，不被同化。或許這想法過於理想化，因為許多人仍盲目隨流。

青少年如一張未經漂染的白紙，要獨立思考和自己作出

抉擇，運用真善美的色彩，去創作屬於自己的圖畫，大概並非想像中那般容易！但我認為通過學習和鍛鍊，還是可以實現的。也許一方面大眾要對傳媒時刻監管；另一方面，青少年本身也要追求自我提升。我看這兩者都十分重要。你怎樣看呢？

此外，傳媒的言論自由與大眾私隱權之間存在不少矛盾，常常掀起爭論。我不禁想：是否所有傳媒都有善用自由來報道真相？我想了解你對「傳媒應否接受監管」這課題的看法。

謝謝！

品仰

讓我們逆潮而行

親愛的品仰：

你提起故事王國，那是一次叔叔、阿姨們一個夢想的實現。主辦單位香港兒童文藝協會想以遊戲、童話、音樂、舞蹈、圖畫和書籍，傳遞一個個美麗的故事給小朋友，好滋養他們的心靈，引導他們喜愛文學和藝術。這個夢想的代價是使主辦者負上沉重的債務，經過多年的努力才清還。可是他們並沒有後悔，至少在今天，還有像品仰這樣純潔、向上的年輕人記得這次活動。

你可知道，就在舉行故事王國的那塊空地上，已建了一座規模龐大的中央圖書館，為市民提供豐富的精神食糧。品仰，當你走進這座文化宮殿時，也會記得你曾在同一個地方進入過故事王國吧？

青少年會不會受到不良讀物的影響呢？這使我記起許多年前的一件小事：

那時我正讀高中，對自己要求很嚴，正是你所說的那種「逆潮而行」的年輕人，雖然那時候的社會風氣遠不及如今的敗壞。我自己如飢似渴地閱讀修養品性的理論書籍和文學作品，並且熱心地介紹給同學。其中一個跟我頗相熟的同學，經常與我一同參與班會工作，也看我借給他的書。我覺得他相當純良。

有一天我到他家探訪他，那是近中環石板街一處「前舖後居」的建築，那前面的舖是賣雜貨的。我們坐在鋪着籐蓆的木板牀上聊天。後來他的家人喊他到店裏幫忙做點什麼，我坐着無聊，發現籐蓆不平，底下像有什麼東西。我隨手翻開籐蓆一看，發現有幾本小書藏在蓆下，一看書名便知道是所謂的「鹹濕小說」一類。我當時十分驚訝，怎樣也想不到他會偷偷地看這類書籍。我連忙把籐蓆蓋好，沒有問他，也沒有對任何人提起。

這件事使我知道，出於對性的好奇，這類讀物對青少年有很大的吸引力。

當今天香港的家長，把青少年不宜的報章雜誌帶回家中已不當一回事時，想純潔的心靈不受污染實在是太難了。

老實說，目前香港的傳媒是無意自律也無法自律。有人借言論自由做遮羞布，反對官方委任的監管。的確有識之士也有點投鼠忌器，怕監管了傳媒也損害了香港最寶貴

的言論自由。

我認為解決的方法該是成立民間的監管組織，是一個或多個獨立的、公正的、以大眾利益為重的團體。它們不代表政府，也不受傳媒利益集團影響，敢於發言，敢於批判；堅持傳媒道德，緊守社會良心，扭轉歪風，發揚正氣。

其實在監督傳媒這件工作上，每個市民都有起作用的一票。這票在於他買一份怎麼樣的報紙？是一份正當的報紙，還是一份教人召妓的報紙？

年輕一代固然可以自己投下正確的一票，更可以影響家人投下正確的一票。這才是最有效的監管。　祝

心靈純潔！

阿濃

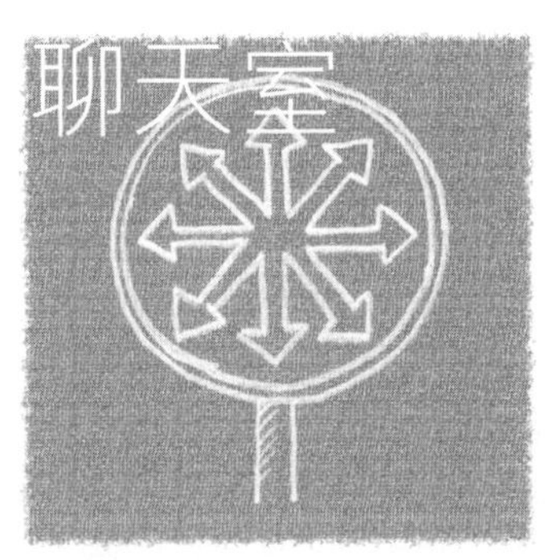

1. 香港有許多年輕人崇尚東洋，你對這種風氣有什麼意見？
2. 你對地球村有什麼憧憬？
3. 白先勇和胡菊人兩位先生對復興中國文化，都有一套見解。你可認同他們的說法？為什麼？
4. 阿濃認為年輕人也可以監管傳媒，你怎樣看他的建議？
5. 你可有興趣找朋友或同學設計一個活動，來認識本地的文化？例如：到油麻地的玉器市場看玉器買賣；到粉嶺的龍躍頭參觀本港最古老的圍村。

觸動美感頻道

Channel 5

品仰：我不禁沉思，怎麼只有這盆水仙花

令我看到震撼的美麗呢？

阿濃：從你培植水仙獲得的快樂裏頭，

我又明白了一點：

水仙對你最大的回報，

是努力讓自己開放得美麗。

震撼的美

阿濃，你好！

寫這封信給你的時候剛過了農曆新年，但我還是希望跟你說一聲新年快樂！在我十七年的度歲體驗中，以這個春節，叫我最深受感動。

年假前，我在學校的生物課上親自操刀，弄了一盆水仙花苗。儘管有一小塊球根給我不慎一刀削掉，兩片嫩葉也留有劃損的缺陷，我對這件由我耐心雕琢的藝術品仍是充滿自豪！水仙花苞蕾初露，秀葉輕散，就如酣睡的美人。在歸家路程中，當我感受到她身子裏潛隱的生命，就禁不住欣喜；但看着她在顛簸中劇烈躍動時，卻不由得心驚膽戰了。

事實上，中五級的同學全都有製作水仙球，大家的作品可以說都是一個模樣。但回家後，我每天換水，每天盼望，

每天凝視待放的花蕾，到她終於抬頭，旋轉花瓣，綻放一屋子的香時，我就感覺她變得不一樣了。她滿身糅合了光與影，曼妙的色彩傾瀉而出。那一刻，我認定她是我看過的水仙花中，最美的一盆。我不禁沉思，怎麼只有這盆水仙花令我看到震撼的美麗呢？或許就如《小王子》裏面小王子對玫瑰的感情一般："What is essential is invisible to the eye."

我也曾有過這樣的感動，是一份友情觸發的。有一天，我突然發現我的朋友異常漂亮。美麗的是她的微笑，更美麗的是她笑容蘊含的接納和關愛。我悄悄回想和她共度的時光，她對我作出的鼓勵，她對生活的熱誠。在那一刻，我想告訴她：「你真美！」

品仰

Channel 5

水仙花的啟示

親愛的品仰：

今年春節我家也有一盆親手栽培的水仙花，散發芬芳一屋。操刀為它開剖的，是我八十六歲的母親。

在港時，每逢這個時候，母親會買十來個水仙球，算準日子割開鱗片，每天拿到天台上去曬太陽，趕及在過年之前送給左鄰右里，自己留下兩盆作為年花。

來加拿大之後，家裏再不曾這樣養過水仙。直到去年底我們一家到唐人街的茶樓用膳，母親發現店裏有水仙球

出售，便買了兩球。

她因為年紀大，兩隻手震抖得厲害，卻還是順利地把它們割開，用水仙盆和鵝卵石把它們放好，擺在陽光最多的窗台上。

大除夕那天，水仙花開得正好。母親找到一條紅絲帶把花葉圍起來，放在客廳的茶几中央。

她不時問家中每一個人：「你聞到水仙花香嗎？」

我們都聞到，也都很欣賞。但我知道最欣賞的還是母親，因為這是她親手栽培的，因此對它最有情。

我想到我這一生都是母親栽培的，她對我的情有多深也是無法量度的。

我在香港教書的時候，有一年要為埃塞俄比亞的饑民籌款。主辦機構造了一種麪包形的捐款箱到學校籌款，稱之為「愛心麪包」。學生可以把他們的零用錢投進去。

有一天我在家看電視，鄰家一個小孩來我家玩。當我把電視關上想去批改習作時，小孩對我說：「新聞正講埃塞俄比亞，我想看一看。」

我把電視重新開了，新聞很短，很快便過去了。我問小孩為什麼這樣關心埃塞俄比亞，他說他在學校裏捐過一塊錢，錢放進了那「愛心麪包」的錢箱。

於是我懂得給機會孩子做善事，不是為了要他們的一塊幾角錢，而是讓他們能夠關心別人，讓他們因此做一點善事。

從你培植水仙獲得的快樂裏頭，我又明白了一點：水仙對你最大的回報，是努力讓自己開放得美麗。父母和老師培育下一代，最想得到的回報也正一樣，就是能看到子

女和學生如羣芳吐艷，如佳木成材。年輕人能爭爭氣氣地做人，正是對父母師長最佳的回報。

最近我收到一個叫 Ivy 的小女孩的來信。她説看了我寫的書，戒了粗話也戒了煙。她説不講粗話不覺得怎麼樣，戒了煙卻有點「心思思」。她問我，抽煙的她算不算壞女孩？我説不能光因為她抽煙便把她看作壞女孩，但抽煙對身體造成很大的損害，卻不容置疑。我鼓勵她堅持下去，做得到的話，四個月後我會送她一份禮物。

從這封信開始，這個女孩便成為我關心的人，我正為她物色一份禮物。　祝

愉快！

阿濃

想起如夢的童年

阿濃，你好！

這次我想與你分享初秋欣賞音樂會的體驗。

我在學校有修讀音樂的課程，兒時也有學習樂器，但喜愛的程度，遠不及對繪畫、閱讀所懷抱的熱情。因此這次我能無視中五考試的壓力，答應母親的邀約，去參加《中華藝術節——音樂新紀元》的「朱哲琴演唱會」，實是不可思議！

第一首曲〈天唱〉表達日出日落、生命和死亡同樣值得讚頌，同樣美麗，是上天賜予的珍貴禮物。歌者清越的歌聲，毫不矯飾地唱出純真和坦誠，飄然送來一串串感性的醒悟。直透心靈的音韻，舞者糅合力量與輕柔的舞姿，呈現西藏高原純淨的美，就如童年無憂無慮的情懷。

我回憶起很多童年時模糊而甜美的片段。我曾往內地

參加文化交流，在參觀一間北京學校時認識了一些西藏學童。雙方雖有不同背景，卻建立起微妙的友誼。兒時那如夢的喜樂，叫現在的我嫉妒；我也責備自己遲遲不懂得珍惜，如今已於事無補。我總希望可停留在孩提時代，而不用面對成長的歷程。

台上全情投入的表演令我不禁疑惑，究竟他們是向上天詠唱還是向眼前人道說呢？歌曲內飄揚的思想，彷彿為我開創一種嶄新的感覺。若沒有成長，我又怎能體味小時候的美麗呢？生活目前一刻是最重要的。現在我要全心投入中五的生活中，才可無憾！不知道你對童年又有什麼看法呢？

品仰

忘掉和忘不掉的

親愛的品仰：

你在一個有文化修養的家庭成長，有機會接觸各種高雅的藝術，又有機會到外地去擴闊視野，認識不同的地方風貌、種族特色。比起只在吃喝玩樂一類物質文明影響下長大的孩子，你是少有的幸運兒。

如果你肯帶領朋友和同學去接近高雅的文化藝術，譬如介紹好的文學書籍給他們看，約他們一同欣賞有內涵的電影，一同去聽音樂、看話劇、參觀畫展，你就會讓他們

從只看漫畫、沉迷「打機」的興趣中釋放出來；不但提升了他們的品味，你也可以增加好些志同道合的朋友。

說到童年，我覺得有兩個特點是很有趣的：

一個是忘記的比記得的多。許多往事只是從父母口中得知。心裏想：我小時候竟是這麼可笑嗎？我小時候原來是這麼野蠻呀！同時我有了一份抱歉：我把幼年時父母對我無微不至的關懷愛護，忘得一乾二淨了。

一個是快樂比悲哀多。我的童年在戰爭和貧窮中度過，聽大人們說起來真是苦不堪言，吃沒得吃，穿沒得穿，還要逃難。但在記憶中不但不覺得苦，還記得有不少好吃的東西、好玩的東西，現在想起來仍是回味無窮。或許這跟孩子的性情有關，在困境中他們比大人更懂得找尋快樂。

不過童年的許多事情我們或已不大記得，但好些往事卻可能影響我們一生。

記得那時父親有一個大書櫥，裏面有許多古典小說：《西遊記》、《封神榜》、《三國演義》、《水滸傳》、《紅樓夢》、《聊齋誌異》……也有一些新文學作品，魯迅的、冰心的、巴金的……鄉間生活沉悶，我囫圇吞棗地看了。我想後來我喜歡文學，並走上創作的道路，跟這個書櫥有很大的關係。

有一件事，對我的影響不大，但卻至今記得。一個跟我玩得很熟的朋友，有一天對我說，他想跟另外三個朋友，加上我一共五人，結拜為兄弟，問我願意不願意。那另外三人其實我不大認得，但我不想這位朋友失望，便答應了他。大家模仿《三國演義》裏劉、關、張桃園結義的

誓言：不能同年同月同日生，但願同年同月同日死；有福同享，有禍同當。點了香燭，跪拜一番。這五個結拜兄弟後來也沒有什麼活動，戰亂頻仍，各散東西，更可笑的是我連他們的名字也統統忘記。但曾經當天盟誓這件事仍使我耿耿於懷，因為不曾盡過半點兄弟的義務。

這使我想起少年人往往在同學或朋友的要求下，隨便有所承諾，包括一些後果嚴重的事，好像加入幫派之類。而少男少女在初次有人示愛時，出於一份強烈的感動，大都沒有想清楚便接受了，造成以後長期的困擾。

作為過來人的我，想提醒少年朋友們：生活中有些事情是不能隨便允諾的，自己當然要想清楚，能與可靠的人商量一下，會穩妥得多。

生命中的每一刻都是寶貴的，過去的追不回來，未來的無法預支，當然目前最是重要。中五的學業比較緊張，但我仍希望你能找到空隙，享受文化、藝術的樂趣，作為精神的調劑和休息。

阿濃

畫出未來

阿濃，你好！

考試告一段落，整個人也輕鬆了。第一件想作的事，便是畫畫。

我走到書局，買了一本素描書；回到家裏，從雪櫃內拿出一些蔬果，擺放在桌上。我用炭筆細意描繪眼前果物的輪廓，也照顧到明暗、肌理和質感。完成後一看，覺得與實物比較，倒也相似，心中很感滿足。

後來，當我看見窗外樹木搖曳，心內即時有一股衝動，想把風景轉化成畫，就匆匆跑到戶外去寫生。怎知道「欲速則不達」，畫中雖能捕捉樹木的兩分風韻，卻也有八分頗為「抽象」，令我不禁有點沮喪。

之後，我往香港藝術館參觀了「尼斯運動 —— 法國現代藝術」的展覽，突然有種醒覺，找到將來努力的方向。

那一羣當代藝術家突破傳統的束縛，勇敢地創新，演繹「美」的意義，對我頗有激勵。

我再翻閱二十世紀的歐洲美術史，重新領略印象派獨立創見所代表的勇氣和堅持。因為他們鍥而不舍的追求，為當代藝術家開創了更自由、更廣闊的領域。我更深深體會到哲學與藝術不可割的密切關係。近代更有畫家把中國的哲理思想，如禪道、書法和潑墨技巧，融入作品內呢！

在畫展中，我看到了兩句有點艱深的話。其一是：

"If one wants art to still have meaning, it is necessary for the person who makes art to be an example of integrity in his work and life."

—— Noel Dolla

其二是石濤畫錄：「在於墨海中立定精神，筆鋒下決定生活，尺幅上換去毛骨，混沌裏放出光明。縱使筆不筆、墨不墨、畫不畫，自有我在。」

我從這兩句話，彷彿看到了今後作畫的目標。

品仰

學畫的賞心回報

品仰：

我沒有學過寫作，卻斷斷續續學過十年以上的畫，很高興你也是美術愛好者，今後我們可以有更多共同的話題。

看了你的信，我有少許擔心，怕你以為繪畫的基本功不重要，重要的是意念的表達。

真的，只有技巧、沒有內涵的美術作品，只是層次較低的工藝品；但如果缺乏技巧，創作時定有力不從心之歎。現代美術界出現許多虛假的作品，都是因為創作的人不肯

花時間苦練基本功，卻巧立名目，肆意吹噓，只圖成名立萬，結果經不起時間的考驗，給淘汰出來，淪為一堆垃圾。

欠缺技巧的藝術工作者，如果他是誠實的話，由於不肯自欺欺人，他創作時必定深感痛苦，因為不論他心中有多美好、多偉大的意念，卻是沒法表達出來。

你對作畫這般有興趣，這在年輕人來說，並不多見。

許多中學生都把學校的美術科，看作可有可無。他們的理由是：將來又不是想當畫家、雕塑家，學美術來作什麼？不過是浪費時間罷了。

中國有名的文學家、藝術家豐子愷寫過一篇文章，叫〈為什麼學圖畫〉，有一段是這樣說的：

「假如你們的社會中有美麗的公園，有清潔的道路，有壯麗的公共建築；你們的學校裏有可愛的校園，暢快的運動場，整潔的自修室，莊嚴的會場，雅致的畫室；你們的家庭中有清靜的院子，溫暖的房屋，悦目的書畫、盆栽和陳設；這等便是地方當局，你們的校長、父母等為你們預備着的。可知做官吏，做校長，做父母，都應該學過圖畫。……假如他們沒有圖畫的修養，沒有對於形色美惡的鑑賞力，沒有美術的眼識，人民一定不得享受這般美麗的社會、學校和家庭的幸福，而在穢惡不堪的社會，牢獄式的學校，豬棚一般的家庭中受苦了。」(註)

品仰，可惜我們的周遭不乏穢惡不堪的社會，牢獄式的學校，豬棚一般的家庭，説明了我們需要一個全民的美術教育。

我欣賞你對當代藝術家的評價。突破傳統，追求自由，表現個性，青年人真應該有這樣的鋭氣。但我同時盼

望你能照顧大眾美術教育的普及，為提高整個社會的美術品味盡一分力。

十年學畫，證明了我沒有這方面的天分，卻培育了我的「眼識」，憑藉這份眼識，我每天過着賞心悅目的日子。學畫，一種回報極大的投資，即使你並不畫畫。

阿濃

註：《藝術趣味》，豐子愷著，港青出版社，香港，1979。

1. 童年可有什麼事，到了現在還影響着你？是怎樣的影響呢？
2. 有什麼人或什麼東西，你是用情栽種的？有怎樣的回報？
3. 你認為可以怎樣使生活更添美感？你會怎樣實踐？
4. 阿濃為什麼説本港需要一個全民的美術教育？如果成事，你想這社會會起什麼變化？

探索生命頻道

Channel 6

品仰：究竟在迭變的空間內，在脆弱的人類歷史文明中，還有什麼可真正永久存在？

阿濃：小世界裏不乏永恆的東西，包括生命的力量

——你在一棵小草身上也會發現得到；

包括偉大、美麗的愛——

在你父母身上，在你自己心裏都可以找到。

心靈不貧窮

阿濃，你好！

又要開學了！腳板大了，加上新學年新開始的希望，每年媽媽都會送我一雙新皮鞋。踏着新皮鞋上路的第一天，感到新奇的我會十分小心在意它；但過了第一個星期，當複雜的感情都消失殆盡，我就不會刻意珍惜那對黑鞋了。早上匆忙起牀，穿上鞋子，也顧不及鞋帶結好沒有，就趕忙衝進升降機去。中學還好，小學的我常常蹦蹦跳，一走進校園，不是加入追逐戰圈，就是玩危險的「踩腳」遊戲，最受罪的，當然是我的鞋子了。

飽受風霜的皮鞋的顏色褪掉了，滿身皺紋，面目全非，令我想到很久以前看的一齣伊朗電影《小鞋子》。你可有看過這電影？

戲中，哥哥遺失了妹妹的鞋，可是家裏窮得連買新鞋的

閒錢也沒有。妹妹希望繼續上學，便與哥哥交替穿着唯一的一對舊球鞋。為了不讓失業的父親擔心，這成了兄妹間的秘密。在這個過程中，他倆都要作出犧牲，也要不斷施予。就是這樣，他們用這方法暫時解決了貧窮的問題。

我想是這對兄妹的互愛，換來了上天的百倍賞賜——劇終時，父親終於找到工作，並買來兩雙美麗的皮鞋送給他們。

赤貧這個問題，對香港來說，似乎太遙遠。但事實上，在經濟風暴前，這個社會貧富懸殊的現象，已遠比許多第三世界國家嚴重，更不要說當下的情況了。

我參加過一個討論貧窮問題的講座，也去探訪過一些低收入的家庭。我在木屋區碰上一個新移民家庭，他們住所的空間狹窄；但由於想自食其力，沒有領綜援金。這家的女主人訴説她受到歧視，沒有歸屬感，也難以融入社區。

我想，人是否感到富足，精神的滿足遠比財富重要。《小鞋子》裏的兄妹懂得分享，心靈不會貧乏。我認為分享正是解決貧富不均的方法。只要人人有分享的心，社會上的分配就會變得公平，也沒有階級分化。歧視別人的人不懂得分享愛，都是精神貧窮的人。

若從這個角度看，那麼全港六百萬人不全都是貧窮人嗎？這像是有點荒謬，但正是分享這個思想，才能令人人平等。窮人不怨恨富人，富人不剝削窮人，二者互相體諒和分享。這是一個理想，也是一個方向。

《小鞋子》裏的哥哥，為了想贏取獎品球鞋而參加賽跑。賽後，他把傷痕累累的腳放入冰涼的水池內，池中數尾金魚游近，好像是在撫摸他的傷口，也像是吻他。

金魚好像把嚴冬融化的太陽。是小男孩溫暖的心，給他力量去跨越貧窮的障礙。

品仰

貪婪的榨取和無私的分享

親愛的品仰：

我看過電影《小鞋子》，戲裏哥哥奔跑着，要及時把腳上的鞋子讓給妹妹穿的鏡頭，我記得很清楚。

我的一篇不成熟的作品〈委屈〉，被收在中學二年級的語文課本裏，講的是一個父親要把西裝上衣典當了，才有錢給兒子交學費、買校服。這是五、六十年代香港社會的實況。

香港的青少年一般都有零用可花，有些甚至消費過

度，對窮困是什麼的一回事，可能沒有深切的體會；但香港不僅一直有窮人存在，這幾年窮人的數目更有上升的趨勢。正如你信上所說：香港的貧富懸殊遠比許多第三世界國家嚴重。根據政府統計處的資料顯示，收入低於四千元的家庭的數目，由九六年至今，已增加了一點七倍。我想如果拿窮人家庭的收入，跟本地那些世界級的富豪相比，那差距更不知是多少萬倍了。在九十年代中，綜援個案只有十一、二萬宗，但至今已增至二十二萬多宗。據中文大學社會工作系王卓祺教授指出，目前生活情況比領取綜援的人還差的窮人，也有一百多萬。

品仰，你有一顆善良的心，你認為分享是解決貧富不均的方法，只要人人有分享的心，便可以解決問題。可惜，人性往往是自私和貪婪的。有些人在賺得十世、百世也用不完的金錢之後，並不曾動過絲毫分享的心。在香港的經濟發生問題時，薪水微薄的僱員被裁員，被減薪、「凍薪」，為的是大老闆要維持他們的高收益。不是嗎？在經濟繁榮時，小市民所得的，不過是大老闆享用後的餿餘；在經濟逆轉時，小市民的利益卻不獲維護，他們甚或保不住自己僅堪餬口的血汗錢。品仰，在這樣的情況下，你所企盼的「窮人不怨恨富人」可以做得到嗎？

合理地分配社會財富，靠的是合理的社會制度，而不能等待某些人大發善心。而合理的社會制度的建立，要靠大家爭取。

我希望這個爭取是和平的、理性的。我更希望在不久的將來，我們的社會再沒有人要住籠屋；再沒有人要到市場去拾爛菜葉做飯；再沒有老婆婆傴僂着身子，拾廢紙破罐去換幾塊錢；再沒有孩子因為沒有牀要睡在地上；再沒有人因為窮得連公立醫院的門診費也想省下，而耽誤了病情……這個爭取，你和我都可以，而且應該出一分力。

《聖經．馬太福音》裏有一個「五餅二魚」的故事。雖然我不是基督徒，對《聖經》認識不多，但這故事卻很感動我。當時，羣眾有五千，門徒手上只有五個餅、兩條魚。耶穌說：「拿過來給我。」於是吩咐眾人坐在草地上，就拿着這五個餅、兩條魚，望着天祝福，擘開餅，遞給門徒，門徒又遞給眾人。他們都吃，並且吃飽了，把剩下的零碎收拾起來，裝滿了十二個籃子。

這段經文，有不同的解說。我讀中學時，聽過一位牧師這樣詮釋：五千人當中其實有不少人帶了糧食來，耶穌分享的精神感召了他們，大家都把自己的存糧拿出來與眾人分享。結果大家不但吃飽了，還有十二個籃子的剩餘。

品仰，我相信你所企盼的便是這種分享精神。我盼望香港人在面對困境時能相濡以沫，不但在物質上有慷慨的分享，並且在精神上，包括對理想社會制度的追求，對生命意義的體認，對美好事物的欣賞，也能分享他們的經驗和得着。這種分享不會因慷慨的付出而變得匱乏，只會因無私的奉獻而更見豐盛。

每天傍晚，我都在居所附近散步。我可以看到家家戶戶前園精緻的花圃，千紅萬紫，主人在屋子裏反而看不見。他們的辛苦勞作完全是為了與眾人分享，因此我每個黃昏都帶着怡悅滿足的心情回家。　祝你

付出多，得着更多！

阿濃

有什麼是長久存在的呢？

阿濃，你好！

近數十年來，世界各地發生了多次地震。地震帶上有不少新的城市建設，人口因而激增，以致地震造成的傷亡和財物損失，愈趨嚴重。每當我從新聞報道得知地震災難的消息，都不禁悲從中來。

這種自然浩劫帶來的災難觸目驚心，叫人實在而沉痛地目睹事物的毀滅和人生的無常；與地理教科書上的理性分析截然不同。殘磚破瓦，生還者劫後重生，隨即便要面對物資短缺的問題、重建家園的挑戰，以及難以忘記的心靈創傷。這一切都反映出地震的殘酷！

世紀末在土耳其、台灣和美國的嚴重地震，彷彿只是巨獸把身子輕輕一抖，卻足以令伏在牠背上的偉大的建築在瞬間灰飛煙滅。象徵文明和安樂窩的高樓大廈，一剎那間成了殺人兇手。人類變得很渺小，很無奈。這使我強烈地認定：沒有東西是永恆的。

地球是成長中的生物，在遠處仍可感覺到牠的心臟沉穩跳動着。不知經歷了多少歲月、環境的變遷，高山變成低谷，海牀又屹立成為嶙峋的懸崖。地殼不斷變化，永無休止。我開始有點疑惑，究竟在迭變的空間內，在脆弱的人類歷史文明中，還有什麼可真正永久存在？

品仰

再建地球文明

親愛的品仰：

十來歲的小人兒，卻思索起永恆的事情來。想到你稚氣未除的臉上，有不相襯的嚴肅，我忍不住微笑了。

人類對大自然一向存着敬畏的心，古人稱大自然為「天」，認為「謀事在人，成事在天」，不論你計劃得多好，老天爺不合作，結果還是失敗。又說「天命不可違」，若是上天的旨意，人是「回天乏力」的。

這種對大自然的敬畏看似消極，卻對封建王權起了某種程度的制衡作用。在他們胡作非為的時候，也會害怕受到上天的懲罰。當國家發生天災，像地震、洪水、乾旱、蝗蟲等禍患時，那些帝王在大臣的勸諫下，便要反省自己的過錯，看是不是因為自己的無道，引來上天的懲罰。他們要下詔罪己（發放責怪自己的詔書），大赦天下，減收賦稅，希望減輕上天的震怒。

到了現代，這種敬天畏天都被視為迷信。不過，有些統治者還是會利用這種迷信，使百姓認命，不圖反抗。到了後來，在打倒迷信的口號聲中，有些人認為人類是可以征服自然的，甚至誇言：「人定勝天！」他們常常引用「愚公移山」這個古老的寓言，宣揚只要有一股堅持下去的傻勁，即使是大山也可以挪開。他們故意不提這個故事本來有的一條「尾巴」——最後上天感念他們的堅毅，差派兩

個大力巨人把大山移走。

當現代人的環保意識增強，就發現這種與自然無休無止的鬥爭，隨意改變自然面貌、破壞自然法則，只會叫人類的生存瀕臨絕大的危機。我們的熱帶雨林面積愈來愈小；我們上空的臭氧層穿洞；我們的空氣和水質受到污染；我們有許多生物瀕臨絕種……

人類對自然的態度理當有所改變，應該重新找尋一種「順天應人」的和諧關係。那就是深入了解大自然的法則，讓人類與自然合作得宜，這應該是人類科技、經濟、政治追求的一個偉大的目標。理想是在地球上建立一種最和平、最健康、最昌盛的文明。

有科學家預言我們的太陽有一天會燃燒清光，那時便是地球文明毀滅的時刻，宇宙間似乎沒有永恆的東西。我認為替億萬年後的人類文明擔憂和傷感是沒有意義的，想想這些問題當然無妨，卻千萬不要影響我們的情緒。年紀小小便覺得萬事皆空，那是很滑稽的。

我極欣賞少年人有廣闊的視野和胸襟，但最後還是要回到實際的生活裏去，在自己的周遭營造一個和諧、上進、健康的小世界。

小世界裏不乏永恆的東西，包括生命的力量——你在一棵小草身上也會發現得到；包括偉大、美麗的愛——在你父母身上，在你自己心裏都可以找到。

我們的地球母親身體有疾患，地震是她的一次發病，她必定正為自己造成的後果深深感到不安和憂傷。我們不該怨她、恨她，因為她跟我們同是受害人。要知道她是宇宙間最傑出的母親之一，她哺養了我們，也孕育了人類的

文明。要好好地報答她，便如前面所說的：與她合作建立一個和諧、昌盛的文明世界。讓我們一同努力吧！

寫這信時，加國楓葉燦爛如火，隨信送上一片。

阿濃

「死亡貨櫃」的呻吟

阿濃，你好！

我是一個中五會考生，正處於枯燥無味的溫書生涯。雖然我絕對不算勤力，一天花在學業上的時間也不多於六小時，但已感到無比辛苦。真的不明白那些「書蟲」是怎樣「捱過」這兩年的！

最近我聽了一首令我印象深刻、忍不住再三重播的歌。它的調子不算優美，主唱的人也不過是一名新進 DJ，唱得也不怎麼好。但這歌的歌詞和 background remix，卻令我深深震撼。

這歌名叫〈只要有想去的地方〉，內容與藏匿於貨櫃，企圖偷渡，而在比利時給發現窒息而死的五十八名中國「人蛇」有關。它的幾句歌詞，特別是不斷出現的副歌：「請問『仲有幾耐先到』？」配上了機械式的電腦語調作背景，誦念着「這個無人希望會發生的意外」，深深地打動了我。

這歌像把我帶到了那一個「死亡貨櫃」。我一面聽着那些可憐的人發出一聲聲絕望的呻吟，刺激着我的神經，一面就自責當時只顧追看 NBA 的總決賽，而忽略了這宗慘劇。

社會上有些人認為他們「發錢寒」、「自討苦吃」，甚至斥責他們「令中國人蒙羞」。我也一度附和這些言論，沒留意到這些人蛇的辛酸和無奈，一如歌詞所說：「在同一天空下，你『過住優質的生活，我就連飯都食唔到』！」

這是近日我參加過「饑饉三十」的活動後，對生命作的反思。

記得曾讀過你的一篇作品〈委屈〉。那時只懂取笑篇中的主角的名字竟是李克勤。這李克勤竟又為了一個毫不好玩的風箏而打架、捱罵，還吃了一記耳光，真笨！實在沒有好好領會這文背後的含意。

不說別的，就是環顧一下自己的房間，愛穿的、不愛穿的衣服；愛看的、不愛看的書籍，隨處都是。平日認為這是理所當然，卻不常想到許多人無衣可穿、無書可讀、無飯可吃。我不禁為他們的不幸祈禱，更為自己的幸運心裏感恩。

允正

不向冷血的人道歉

親愛的允正：

在「死亡貨櫃」悲劇發生之前，有兩艘福建偷渡船來到我居住的城市溫哥華，載來了幾百個「人蛇」。人蛇——這個名詞侮辱了人類的尊嚴，我亟亟反對使用——兩個字每天在華文報紙上以特號黑體字出現。

這些非法入境者帶來白人社會的不安，我一點也不感到奇怪，使我憤怒、羞慚的是我們的華裔同胞——他們表現的冷血無情，尤過於洋人。他們投書報章，打電話到電台的 phone-in 節目，羣情洶湧地責罵這羣偷渡客，說他們沒有理由、沒有需要逃到這邊來；埋怨他們插隊，妨礙了循正途申請移民的人（其實「難民」和「移民」是互不妨礙的兩個類別）。他們還要求政府立即把他們的船隻拖到公海，讓他們自生自滅。

我在溫哥華的一份中文報章有一個專欄，對這種冷血言論寫了一句孟子的話：「無惻隱之心，非人也！」後來我聽到有人打電話到電台去指名要我道歉，說我罵他們這種人不是人。我又在專欄中回覆他：是孟子罵你們，不是阿濃罵你們。想我向你們這羣冷血的人道歉，休想！

其實加國政府對待難民自有它的一套法律和程序，但絕不包括把船拖往公海。我提出依人道精神和法律辦事，而事情也不得不這樣解決。

很高興你參加了「饑饉三十」而對生命有所體悟。我

在香港參加了兩屆，來溫哥華以後，又參加了一屆。飢餓的滋味不太難受，因為只有短短三十小時不進食物，還可以無限量地喝美味的豆漿；但我仍記得活動過後，那麵包的香甜和心中的滿足。

我時常擔心〈委屈〉是一篇過時的作品。我寫的時候，歌星李克勤還沒有出生，想不到他父母替他取的名字，竟和書中主角的名字一樣，增添了你們學習的趣味。而那年代的貧窮和辛酸，恐怕不是如今的少年一代所能理解，幸而能理解的至少有你。

你的信帶出一個很有用的啟示：不要拿自己的想法去測度別人；夏蟲不可與語冰，不在其境的人怎知別人的鹹酸苦辣。當心說風涼話使自己顯得涼薄，說無情話使自己變成冷血。

不要嘲笑那些泅水偷渡而葬身魚腹的人愚蠢，不要批評那些藏身車底偷渡的人不智。不要說香港也不是什麼天堂，因為你不知道他們是否身處地獄。不要怪責他們為金錢而走難犯險，香港因貪婪而作姦犯科的富人豈不更為可笑？

有機會我會去找你說的那首歌來聽聽，那死亡貨櫃中真正的呻吟，可能更叫人絕望、更動人心魄。但願他們的靈魂在打開貨櫃時已得到釋放。

讓我們一同祈禱：主呀，希望這樣的悲劇不再上演。

阿濃

最可愛的熊貓

阿濃，你好！

我最近探望了香港的兩位貴客！這次的旅程帶給我很多意想不到的收穫。

在旅行前，我興致勃勃地在一個家庭聚會中宣佈了我的計劃。可是，我熱切的企盼卻立即給小我十歲的表舅父毀了。他連珠炮發地說：「什麼？到海洋公園看熊貓？你別自討苦吃了！上次我高高興興地去，安安、佳佳卻只給我看他們的『屁股』！」

雖然如此，我還是去了。當我在迴廊上排隊，走馬看花地瀏覽熊貓的圖文簡介，我又變得雀躍起來。踏進大熊貓園的瞬間，汗流浹背的辛苦轉化成涼冰冰的舒泰。高而寬敞的起居室有小橋流水，有亭台樓閣，在人工的修飾下，真是氣勢不凡！

我在靜謐的氣氛下戰戰兢兢地觀賞他倆。可惜佳佳早就躲進洞內休息。不過，如果她知道那兒有一台攝錄機在偷窺，她必然不會同意洞裏是一個安樂窩。

黑白分明的安安無動於衷地面對觀眾，不費吹灰之力就抓起一把竹葉吃起來。他冷冷地瞟了我們一眼，就肆無忌憚地背向我們如廁，然後伸一下腰，就慵懶地睡去。頓時，在場的人都發出驚異的笑聲，我卻只為熊貓們悲哀。

這高貴的牢籠，有刻意營造出來的寧靜，令人產生平安的錯覺。高高的欄柵是心靈的牆，人類不能進去，熊貓也逃不出來。這兒的空間與四川故鄉自由的空氣，又怎能相比呢？喜歡把鍾愛的東西鎖着、佔為己有，就是人性的反映嗎？

我覺得自己曾和安安四目交投，並嘗試了解眼神裏

訴說的故事。事實上，彷彿人人都聲稱自己曾和他對望過。

這刻，我突然記起我也和別人一般，向熊貓低呼：

「你真可愛！」現在回想，我想告訴他：「在我心目中，

能擺脫人為的美麗的國度，赤着腳在這酷熱的夏日中走回

四川去的熊貓，最可愛。」

品仰

熊貓、青蛙、人

親愛的品仰：

早一陣子，我們這裏的西報報道有些餐廳的衛生狀況很差，食物隨便放在地上不算，還有老鼠出沒。刊登在旁的照片分明是指「唐人餐館」。身處外地的中國人，看了當然不是味道。

前幾天深夜時分，有人在市中心賽車，有一架黃色保時捷以二百公里的時速，把一個依綠燈過馬路的途人撞倒。猛撞之下，那途人給拋出八十呎外，送抵醫院後死

亡。這司機卻不顧而去。看到這則新聞時，我們心中盼望這個行為惡劣的殺人兇手不是中國人。但結果正如我們所憂慮的，警方查獲這個肇事司機是一名二十五歲的中國男子，當時他正無牌駕駛。去年一船又一船駛來的福建偷渡客，使政府用掉納稅人過千萬元的金錢，加國這個經濟情況較差省分的納稅人，當然大為不滿。居於加國的中國人，也常常為這些負面的新聞感到不是滋味。

人真的很難不受環境影響。

在中國文化大革命的一些紀錄片中，我們看到當時舉國瘋狂的鏡頭。當日身處其中的國人，也不乏極有學問極有智慧的人，但他們並不能在眾人皆醉時我獨醒，一樣跟着起鬨。

今日官場中的新貴，有些本來也是平民身分，做官不久，卻也惹得一身官氣。當你知道他們出入境有特別通道，行李免檢，途中有警車開路，不論吃飯、住宿都嚴格依級別享有不同待遇時，你便知道那官氣是如何得來的了。

我覺得選美是最能在短時間內把人改變的一項活動，其中的環境因素也起了主要的作用。近年常以外地為集訓場地，除了使電視機的畫面更為豐富之外，也讓參選者進入一個夢幻世界，脫離現實生活的影響，放下思想包袱，更能釋放地投入競爭。接受、習慣了這種種安排，就可以穿得更少，笑得更媚，扭得更勁。

不少人談及一種「青蛙實驗」，把青蛙放在冷水中，以極緩慢的速度加熱；最後青蛙在不知不覺中被燒熟，而過程中沒有任何掙扎。我們真應該時常提醒自己：我是不是放在某個釜中的青蛙？

你看到的熊貓，被安置在一個貌似舒適的環境，卻不知道連自己的排泄動作，也在鏡頭攝錄之下。在人類看來是一個悲劇，不過對熊貓來說，牠們倒是無所謂的。

真正的悲劇早已在人類社會發生，一種叫「真人Show」的電視節目，把人當成了熊貓，他們的生活分分秒秒被上百萬的觀眾窺看着。那些「真人」，那些節目製作者，那些觀眾，都不覺得這是對人類尊嚴的一種侵犯，也都不覺得羞恥。

動物園裏的熊貓再沒有機會赤腳走回四川了。我盼望的倒是能有更多的人起來，堅持活得有尊嚴。

阿濃

老來受苦，生存有什麼意義？

阿濃，你好！

這幾天心緒頗不寧靜。

家中一位輩分甚高的長輩進了醫院，他是我的外公的兄弟，現已九十餘歲。眼看他老態盡現，不單走動出現困難，連說話也顯得甚為吃力，心中不禁一陣難過。回想他以往和我們一道下棋、郊遊時，那個談笑風生、健步如飛的樣子，再目睹他現在慘被歲月、病魔折磨，實在感到難受。

打開報章，大概是經濟復蘇的關係吧，和兩年前比較，因為過不了年關而自殺的新聞少了很多。但是不幸的事仍不斷發生：有獨居老人因欠缺照顧而倒斃家中，有死傷狼藉的交通意外。人類貴為「萬物之靈」的優越地位不再，生命似從「無價」(invaluable) 變成「無價值」(valueless)。意外死亡和自然死亡再無分別。

這令我想起會考中國語文科課程的其中一篇課文〈唐山大地震〉。作者錢鋼目睹一個父親痛失妻子和三名子女，不禁生起這份感慨：究竟是死去的人不幸，還是活着的人更不幸呢？

一般來說，自然是死去的人更不幸。他們失去寶貴的生命，死後或升天堂，或下地獄，「今生」已盡。但像那個父親一樣孤寂在世的人，他們又如何？失去鬥志，生存「意義」縱在，但「意識」全無！「行屍走肉」這詞語正貼切地描述了這種情況。

恭祝人家長壽，祝壽詞中必少不了「長命百歲」；但說真的，老得吃不下、說不出、走不動，「求生不得、求死不能」，又有什麼意義？希望能聽聽你的想法。

允正

Channel 6

多好的冬季

親愛的允正：

家居不遠有一個大樹林，我常去散步。樹木無言，卻能給我許多感受。

我見到被風吹折的斷枝，仍在地上開花；我見到被火燒焦的枯木，卻努力迸出嫩葉。這就是堅強而美麗的生命力。

年輕人見到老年人樣貌的醜陋、行動的不便、記憶的衰退，甚至大小便失禁，失去做人的尊嚴，心裏便有一種

害怕。有人甚至說：寧願死，也不願意老。古人也早說過：「美人自古如名將，不許人間見白頭。」名將老了，不復當年勇，變成行動不便的糟老頭；美人老了，雞皮鶴髮，顚頇龍鍾。他們寧願在狀態最好時離開人間，永遠留下美好的印象。

但有許多老人家卻是看破這點的，他們的心理武器是「接受」。

事實上，面對自然的規律，我們大都得接受。月有陰晴圓缺；春天過去便是炎熱的夏天，秋天過去便是蕭索的寒冬。而萬物都有一個走向衰老死亡的過程，更是無可抗拒。悲哀無奈於事無補，倒不如學習去接受這一切。

我見過一個小妹妹，她倒有這樣的智慧。她母親說，最怕夏天，又熱又有蚊子。小妹妹說：我喜歡呀，可以吃雪糕；又放暑假，可以去游泳。她母親說，今天晚上大廈要停電修理，真麻煩！小妹妹說：讓我們吃一頓燭光晚餐，夠情調呀！那母親只看到事物的負面，小妹妹卻能從負面中找到可欣賞的正面。

老人家沒有年輕人的俊俏，卻有一份安逸和慈祥；沒有年輕人的活躍，卻有一份穩重和泰然。他們需要扶持，不正是提供機會讓我們跟他們親近嗎？他們比較寂寞，不正好讓我們陪他們聊天嗎？我們會聽到許多有趣的故事和歷史，得益的是我們。

看到老人家因健康退化甚至疾病纏身，我們會覺得他們的生存已經沒有什麼意義，只是留在世間受苦。導演單慧珠寫過一個故事。她去探訪一個久病的老人，老人萎頹衰弱，目光黯淡。但到他的兒子來看他的時候，他臉上立

刻有了不同的表情，是那麼喜悅和滿足。即使是臨終的老人，也有他的盼望，他的祈求，他對生命的留戀和愛。他們可以從一朵鮮花，回憶起青春的戀情；從一碗粥，記起戰爭時艱難的歲月。當他們在籐椅上打盹時，誰知道夢中的他不是正當青春年少？

人經歷身體的衰老，有一個適應和接受的過程。青年人會為第一根白髮大感震驚；中年人會用染料掩去滿頭的灰白；老年人卻會為他們的銀絲感到驕傲。因此你對老人的觀感，可能與他們自己的感受，有一個很大的距離。

幾年前有一位傷殘人士完成了一部著作。他全身癱瘓，能動的只有一根指頭。就憑這根指頭，他描繪了豐富的內心世界。

原來人也像樹林裏的斷枝焦木，在逆境中迸發出生機，都一樣的美麗動人。

當我們看到老人家時，請在心中讚美：多美的夕陽，多好的冬季！

阿濃

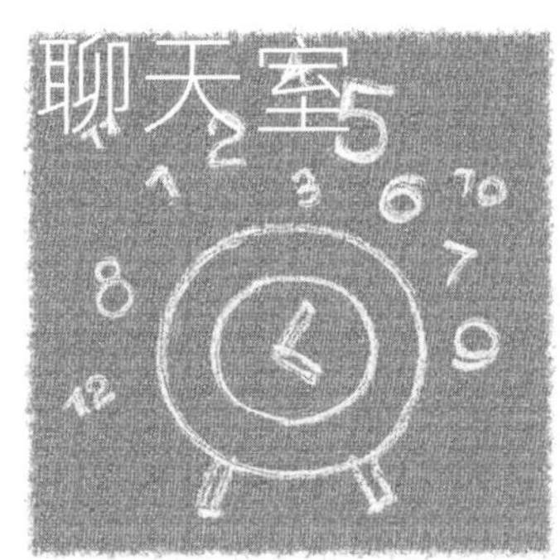

1. 你對貧窮有什麼體驗？你可找出這種經歷積極的一面？
2. 你對貧富懸殊這現象，有什麼建議？
3. 找〈只要有想去的地方〉來聽聽，看看有什麼感受？
4. 如果有永恆存在，這會怎樣影響你的人生觀？
5. 你可認識一個可親的老人家？他怎樣祝福了你的生命？

如果你也想跟

阿濃真情對話，歡迎與他聯絡：

阿濃電郵：

a-nong@shaw.ca

閱讀之味系列

我在一間收容最需要愛的孩子的「特殊教育」學校工作了九年，是我四十年教學生涯的最後九年。退休之後，很想把這九年生活中一些難忘的故事記述下來，讓老師們和同學們在分享我的苦與樂之後，在教與學之間有更好的協調。

我無意掠美《愛的教育》這個書名，它的豐富與深刻是我不能相比的，但那以愛來培育下一代的精神還是相通的吧。

我最大的希望是你讀完這本小書之後，心中的愛沒有減少，而是大大的增加了。

——阿濃

阿濃精選作品

《當好學生遇上好老師》

在中國歷史上，老師的地位大多崇高，從東漢起，歷朝的祭祀之禮，對象便是「天地君親師」，表示對大自然、國家領袖、父母尊長、老師的敬重和感恩。這五個字民間還有特殊寫法，其中「師」字不寫左上角的一小撇，寓意一個人對師恩不能撇去，一定要銘記於心。阿濃在書中藉中國古代及近代師生故事帶出師生之情，希望讀者反思師生之間應有之義。

＊第 4 屆金閱獎「文史哲組」最佳書籍
＊香港出版雙年獎 2017 —「兒童及青少年類」出版獎
＊香港教育城 2016 年度「第 14 屆十本好讀」— 中學組教師推薦好讀、中學生最愛書籍

《美言一百》

阿濃與讀者分享美好的説話和談論美麗的話。你不能左右辦公室的大氣氛，但你可以為自己建立小小的綠洲。你穿好看的衣服上班，你有適當化妝，你的咖啡特別香，並且願意跟人家分享，你桌上有綠色植物，你的笑容燦爛。你的好心情，不但保護了你，還會漸漸影響周遭。

＊香港教育城 2014 年度「十本好讀」— 教師推薦兒童好讀

《幸福窮日子》

這是一次互動寫作，阿濃與中學生交換他們對貧窮的書寫，根據真人真事，合力創作成溫熱人心的故事。人窮不一定志短，心靈富有比金錢更可貴，在阿濃筆下，這個新來港家庭突破種種困境，贏得眾人的尊敬。

＊第 24 屆中學生好書龍虎榜「十本好書」
＊香港教育城 2012 年度「第 10 屆十本好讀」
＊第 12 屆香港中文文學雙年獎 — 兒童少年文學組推薦獎

《去中國人的幻想世界玩一趟》

飽讀中國古代典籍的阿濃，再次與插畫師棗田合作，以清麗的文筆，奇趣的插圖，帶領讀者進入中國人瑰麗的夢幻國度── 天上地下，日月星辰，原來範圍如此廣闊；神仙鬼怪，草木精靈，竟全賦特性真情；恩怨情仇，悲歡離合，夢幻與真實交織⋯⋯本書以小說形式勾勒中國文化奇趣的一面，深入淺出，啟發哲理思考。

＊第 10 屆香港中文文學雙年獎 — 兒童少年文學組推薦獎

《快樂紅簿仔》

這本照片散文集記錄了阿濃人生的各個片段：少年情懷、對至親的懷念、教學餘夢、對世情的洞見、給貓兒的私密絮語、與年輕人的交心對話⋯⋯阿濃一直拒絕寫自傳，這次他是為快樂寫傳── 追溯快樂的源起和成長的過程，並把快樂原原本本地轉帳給各位讀者。

＊第 20 屆中學生好書龍虎榜「十本好書」

人文價值系列最新書目

閱讀之味

書名	作者
字字珠璣	阿濃
聽君一夕話 —— 阿濃談文學論人生	阿濃
且聽下回分解 —— 阿濃談中國古典小説	阿濃
第四十五屆青年文學獎得獎作品集 I（小説　新詩）	
第四十五屆青年文學獎得獎作品集 II（散文　小小説　兒童文學　文學評論　翻譯文學）	
街區味道 —— 青年創作文集	麥欣恩主編
阿濃陪你讀唐詩	阿濃
獻禮	阿濃
怪病	殷培基
當好學生遇上好老師	阿濃
摘星老師的範文 18 篇	殷培基
聲動千載 —— 中國人憑歌寄情的故事	阿濃
活用四字詞語的寫作課	周淑屏編著
文言文的 8 堂閱讀理解課	周淑屏編著
文學大師的理與情	周淑屏編選
文學大師的 25 堂寫作課	周淑屏編選
美言一百	阿濃
不一樣的故事 —— 阿濃愛的故事 32 篇	阿濃
跟着愛情走	阿濃
九塊厝診療所	陳俊賢
剪髮	胡燕青
文學想多了	梁科慶
美麗的中國人	阿濃
去中國人的幻想世界玩一趟	阿濃
古典今趣 —— 中國人的幽默	阿濃
老井新泉 —— 中國人的智慧	阿濃
新愛的教育	阿濃
練習簿	董啟章